edition suhrkamp 2035

W0057636

In Morábitos Geschichten ist es nur ein winziger Schritt vom Alltäglichen zum Grotesken. Aus häuslichen Müttern werden nackte animalische Wesen, die den Männchen auf Bäumen auflauern, Stubenfliegen tragen Namen, Erdbeben werden zu lauernden Tieren in ihrem Bau. Immer verweigern sich die Objekte des Erzählens ihren Alltagsfunktionen und erlangen ein anarchisches Eigenleben. So wird der Schwamm zu einem verschlungenen Labyrinth, zum Inbegriff des Chaos; die Schere verteilt Botschaften der Kälte. Auch Hammer, Lappen, Sprungfeder und Seil bestechen durch ihren ganz persönlichen Charakter, durch die ihnen nahezu seelisch innewohnende Eigenheit.

Morábito, der in einer der größten Städte der Welt, in Mexiko-City, wohnt, sucht nicht den Überblick, die große Perspektive; seine Texte visieren das Abgelegene, das fast mikroskopische Detail.

Fabio Morábito
Die langsame Wut

Prosa

Aus dem Spanischen von
Thomas Brovot
und Susanne Lange

Suhrkamp

Die Originalausgabe *La lenta furia* erschien 1989
bei Editorial Vuelta; *Caja de herramientas*
im selben Jahr bei Fondo de Cultura Económica, Mexiko.
© Fabio Morábito, 1989

edition suhrkamp 2035
Erste Auflage 1997
© der deutschen Ausgabe
Suhrkamp Verlag Frankfurt am Main 1997
Alle Rechte vorbehalten, insbesondere das
des öffentlichen Vortrags
sowie der Übertragung durch Rundfunk und Fernsehen,
auch einzelner Teile.
Satz: Jung Satzcentrum, Lahnau
Druck: Nomos Verlagsgesellschaft, Baden-Baden
Umschlag gestaltet nach einem Konzept
von Willy Fleckhaus: Rolf Staudt
Printed in Germany

1 2 3 4 5 6 – 02 01 00 99 98 97

Die langsame Wut

Für Ethel Correa Duró

Nichts ist wichtiger
als anderes.

Silvina Ocampo

Die Mütter

In den ersten Junitagen fing es an, mal etwas früher, mal etwas später. Angenehm war es jedenfalls nicht, wenn man bei einem Freund zum Spielen war und plötzlich, kaum daß er aufs Klo oder für ein Glas Wasser in die Küche ging, seine Mutter aus dem Zimmer nebenan kam, völlig nackt und bereit. Man mußte es ohne jede Hilfe mit ihr aufnehmen, denn fast immer schloß sie sich mit einem im Zimmer ein und schob den Riegel vor. Uns war beigebracht worden, die Mütter auf den Kopf, die Brust, in den Unterleib zu schlagen, aber es gab kräftige Mütter und solche, die geschmeidig waren wie Rehe, oder auch dicke, die einen zu zerquetschen versuchten, bis man kapitulierte und sich ihren Launen ergab.

Wer einer Mutter in die Hände fiel, der wußte, daß er den ganzen Juni über in ihren Fängen blieb. Sobald die Dämmerung hereinbrach, mußte man auf die Mütter achtgeben, die noch in den Bäumen lauerten. Gewöhnlich hingen sie nackt irgendwo im Geäst, die Brüste ganz prall, und die Kinder hatten ihren Spaß daran, mit der Schleuder spitze Gegenstände auf sie abzufeuern. Kaum machte eine Anstalten herunterzuklettern, zogen sich die Leute auf die andere Straßenseite zurück und beobachteten aus sicherer Entfernung den Abstieg der Mutter, deren Körper vom Rutschen über die Rinde jedesmal mit Schrammen und Schürfwunden übersät war.

Dort in den Straßenbäumen verbrachten die Mütter

die meiste Zeit des Tages, stöhnten vor Lust und rüttelten an den Ästen.

Am Abend kamen fast alle herunter und kauerten sich für die Nacht in irgendeinen Hauseingang. Die Kinder nutzten die Gelegenheit, um ihnen die Wunden zu versorgen, Essen zu bringen und eine Wolldecke umzulegen. Später wachten viele auf und fingen an, ziellos umherzuwandern, oder mit dem einzigen Ziel, das sie am Leben hielt: genommen zu werden, geschlagen und gekratzt. Sie wurden grimmiger und gerissener, schlichen lautlos umher und ersannen richtige Hinterhalte.

Oft kam es vor, daß frühmorgens von irgendeinem verlassenen Grundstück oder Rohbau das Gekeuche von Müttern herüberdrang, die gerade ihre Beute bezwangen. Dann konnte man sich in aller Ruhe heranwagen, denn eine Mutter, die bereits Beute gemacht hatte, stellte keine Gefahr dar. Eingezwängt zwischen den großen Schenkeln, wand sich das Opfer (ein Büroangestellter, ein Arbeiter) wie ein Wurm im Schnabel eines Vogels. Den ganzen Juni über tat die Mutter mit ihm, was sie wollte.

Die Mütter, die noch keinen Fang gemacht hatten, hingen feucht und tropfend in den Bäumen und lauerten. Ihre Bäuche waren wäßrig und aufgeweicht, und wenn eine vom Baum fiel, machte es leise plaff!, und ohne den kleinsten Kratzer kletterte sie gleich wieder hinauf. Manchmal ließen die Mütter sich absichtlich fallen, um ihr Fieber zu kühlen, und dort am Boden, ganz warm und weich auf dem Asphalt des Bürgersteigs, sahen sie aus wie Abfälle, die das brandende Meer angeschwemmt hatte. Diese völlige Hilflosigkeit entflammte die Männer und ließ sie bei ihrem Anblick erschauern. Wer sich mit einer Mutter in einem solchen Zustand vereinigen wollte, der sank wirklich auf den Grund des Vulgären und Schäbigen hinab, und auf den ersten Blick erkannten die Mütter, wenn ihnen jemand schon in früheren Jahren in die Hände gefallen war. Mit dem wußten sie umzugehen! Sie befahlen ihm, herüberzukriechen, und der Mann gehorchte vor aller Augen, ohne sich beherrschen zu können, ein Bild des Jammers. Ein kurzer Tritt mit der Ferse in den Nacken oder Hals war alles, was so ein armer Teufel zum Dank dafür erhielt.

Die Mütter kletterten auch auf Mauern, Balkone oder Baugerüste, und die städtischen Angestellten brachten ihnen Essen und Wasser in großen Gefäßen, die sie auf dem Boden stehenließen. Dann stiegen die hungrigen Mütter herab und balgten sich schubsend und kratzend um die besten Plätze. In den Fenstern der umliegenden Häuser griffen die Kinder sofort zu ihren Schleudern und bombardierten sie mit Steinchen und Glassplittern. Sie beschossen sie gnadenlos, während die Verwundeten vor Wut heulten.

Ende Juni verflog die Hitze der Mütter allmählich, sie wurden wieder trocken, und eine nach der anderen ließ sich nach Hause schleppen. Die ganze Stadt sammelte sich in einem Zustand der Andacht. Kinder und Ehemänner wuschen die Mütter ohne Hast, säuberten ihre Wunden und wachten über ihren Schlaf, der manchmal vier oder fünf Tage dauerte. Alles schlich auf Zehenspitzen, um sie nicht zu wecken, die Zimmer blieben im Halbdunkel, damit sie sich ungestört erholten, und selbst die Haustiere legten ein ungewöhnlich sittsames Benehmen an den Tag. In den Büros und Fabriken wurde die Arbeit auf ein Minimum beschränkt, damit die Mütter sorgsam gepflegt werden konnten, und kaum jemand ging aus dem Haus, es sei denn, um Lebensmittel oder Medikamente zu kaufen.

Wenn die Mütter mit verheilten Wunden aufwachten, hatte sich der beißende Geruch ihrer Raserei aus der Stadt verzogen. Jetzt sah man sie wieder geschäftig auf den Balkonen, die einen im Morgenrock, die anderen schon zum Einkaufen angezogen. Und wie früher schüttelten sie die Bettdecken aus und gossen die Pflanzen oder riefen ihren Kindern, die sich auf den Schulweg machten, einen guten Rat hinterher. Die Schornsteine der Fabriken rauchten wieder, was die Maschinen hergaben, die Straßenbahnen quietschten in den Kurven, und die Leute stritten und schlugen sich bei der geringsten Reiberei. Selbst die Straßenhunde gingen munterer ihren Geschäften nach. Der gewohnte Lärm erfüllte den Morgen, und niemand schien sich an das Durcheinander und die Ängste der vergangenen Tage zu erinnern. Niemand machte die kleinste Bemerkung. Nur an den Bäumen, auf denen die Mütter feucht und wütend gehockt hatten, hingen nun die großen, reifen Früchte des Sommers.

Der Tapir

Meine Mutter behauptete, Justo sei schon halb verblödet wegen der Kopfnüsse, die ihm sein Vater jedesmal versetzte, wenn er den Kunden des Gemüseladens das Wechselgeld falsch herausgab. Das kam recht oft vor, aber für blöd hielt ich ihn nicht, denn diesen Sommer durfte er den Laden allein führen. Sein Vater betrieb während dieser Zeit einen Kaninchenhandel.

In den Ferien waren die Einnahmen des Gemüseladens natürlich nur spärlich, und so hatte sein Vater sich dazu durchgerungen, das Geschäft Justo anzuvertrauen. Als ich ihm sagte, daß sich der Gemüseladen meiner Ansicht nach bei so wenig Kundschaft nicht rentieren würde, gestand mir Justo, daß die Stadt seinem Vater einen Zuschuß gab, damit er den Sommer über nicht zumachte, und daß sie ihm die Ware außerdem noch zum halben Preis lieferte. Ich merkte, daß er sich wegen dieser Abmachung schämte. Obwohl Justo den lieben langen Tag über die Hitze und das Obst fluchte, war er ein Vollblutgemüsehändler, und diese Art Wohltätigkeit kränkte ihn.

»Mein Vater meint, wir tun denen einen Gefallen, wenn wir die Bude offenlassen!« schimpfte er, während er eine Steige Tomaten ausräumte oder mit der Fliegenpatsche einer Fliege nachsetzte.

Er hielt den Laden peinlich sauber, was bei so wenig Kundschaft nicht weiter schwierig war. Ich durfte mir zwar so viele Früchte nehmen, wie ich wollte, aber er überwachte jede meiner Bewegungen, damit ich ja nichts schmutzig machte. Auf den Ladentisch gestützt, die Fliegenpatsche in der Hand, spürte er noch das winzigste Tröpfchen auf, das mir aus dem Mund gefallen war, und ließ mich dann aufstehen, den Lappen holen und die Stelle aufwischen.

Jetzt, wo ihm sein Vater nicht mehr im Nacken saß, konnte er dessen leicht manierierte Art im Umgang mit den Kunden imitieren. Fachmännisch griff er jede Frucht mit den Fingerspitzen, als würde er sie einem kostbaren Schrein entnehmen, in dem sie lange Zeit geschlafen hatte. Dann hielt er sie gegen das Licht und drehte sie unmerklich, bevor er sie in der Papiertüte versenkte, eine Geste, die eine Spur von Bedauern andeutete, sich von etwas so Vollkommenem, so Wertvollem trennen zu müssen. Diese Manier fiel bei ihm ganz besonders ins Auge, weil sie im Gegensatz zu seinen dreckigen Fingernägeln und seiner im ganzen ungepflegten Erscheinung stand. Was mich anging, so verbrachte ich die Stunden auf einem Stühlchen und las die alte Comic-Hefte, die mir Justo lieh, und wenn ein Kunde hereinkam, verkroch ich mich in eine Ecke und wurde meist gar nicht bemerkt.

Um elf herum überließ Justo den Gemüseladen jedoch für zwanzig Minuten meiner Aufsicht (sein Vater war dann schon übelgelaunt vorbeigekommen, um nach dem Rechten zu sehen, und es bestand nicht mehr die Gefahr, daß er noch einmal hereinschneite) und flitzte zur Eisdiele der Señora Consuelo drei Straßen weiter, um dort ein paar Melonen und einige Kilo Erdbeeren abzuliefern. Um die Zeit ging Señora Consuelo, die im dritten Stock über der Eisdiele wohnte, hinauf, um nach ihrem kranken Mann zu sehen, und ihre Tochter Coral kam herunter, um sie hinter der Theke zu vertreten.

Gegen elf fing auch der Tapir an, auf dem Motorroller, den ihm sein Vater geschenkt hatte, Runden um den Block zu drehen.

Als er das erste Mal am Gemüseladen vorbeikam und ich Justo fragte, was er von dem Motorroller halte, wollte er wissen, wer denn dieser Tapir sei. Er kannte niemanden beim Vornamen oder Spitznamen, nur beim Nachnamen, genau wie sein Vater. Ich war nicht Enrique, sondern der jüngste Sohn von Señor Somonte. In erster Linie war ich nicht sein Freund, sondern Sohn eines Kunden.

»Da kommt er«, sagte ich zu ihm.

Der Tapir tuckerte wieder in mäßigem Tempo an uns vorbei, und Justo, der gerade ein paar Melonen auftürmte, hob den Kopf und sagte gleichgültig:

»Das ist der Sohn von Señor Saldívar.«

Er fügte noch hinzu, daß das ein Volltrottel sein mußte, weil er hier mit seiner Blechchaise um den Block schlich. Er an seiner Stelle wäre zur Lagune abgedüst oder noch weiter weg.

Der einzige Luxus, den ich mir Tag für Tag gestattete, war das *Hot fudge*, das ich morgens in der Eisdiele der Señora Consuelo verspeiste, und ich stellte fest, daß der Tapir auch auf dieser Höhe der Straße sein Unwesen trieb. Man hörte den Motor schnurren, und ein paar Sekunden später knatterte er vornübergebeugt an einem vorbei, als würde er einen heißen Ofen lenken. Señora Consuelo hatte ihn gründlich dick:

»Ewig muß der hier herumkurven, der treibt mich noch in den Wahnsinn.«

»Alle nennen ihn den Tapir.«

»Den was?«

»Den Tapir, wegen der Rüsselnase.«

Sie brachte mir das *Hot fudge* und wetterte:

»Dieser Motorroller verfolgt mich schon bis in den Schlaf.«

In dem Augenblick kam ein blonder Bursche herein, und Coral, die Tochter von Señora Consuelo, trat hinter der Theke hervor und ging zu seinem Tisch, um ihn zu bedienen. Señora Consuelo schaute dem Tapir nach, bis er um die Ecke verschwand.

Es wollte mir einfach nicht in den Kopf, daß Justo mit seiner dreckigen Schürze und seinen ungehobelten Manieren, die unvermeidliche Fliegenpatsche in der Hand, auf Coral oder sonst irgendein Mädchen Eindruck machen könnte. Als Coral dann jeden Nachmittag im Gemüseladen vorbeischaute und Justos Besuch vom Vormittag erwiderte, maß ich dem Ganzen zunächst keine große Bedeutung bei. Ich machte die Langeweile, die drückende Hitze dafür verantwortlich und sagte mir, daß sie am Ende des Sommers, wenn erst die Leute aus den Ferien zurück waren und alles wieder seinen normalen Lauf nahm, keinen Gedanken mehr an den Sohn des Gemüsehändlers verschwenden würde.

Ich konnte Coral nicht leiden. Justo nahm sie ins Hinterzimmer mit, und ich mußte Alarm schlagen, wenn ein Kunde hereinkam. Ich hörte die beiden murmeln, hörte das Schmatzen, wenn Mund auf Mund traf, und ich stellte mir vor, wie Justo sie mit den Fingerspitzen liebkoste wie die Früchte vor den Augen der Kunden.

Als Señora Consuelo wegen meiner häufigen Besuche in der Eisdiele klargeworden war, daß ich nicht in die Ferien fahren würde, fragte sie mich nach dem Grund:

»Mein Vater hat wieder Probleme mit der Fabrik.«

Sie putzte gerade den Boden mit einem Scheuerlappen und richtete sich auf, um sich den Schweiß von der Stirn zu wischen:

»Das tut mir leid für dich.«

Was ich Fabrik nannte, war eine winzige Werkstatt mit vier Arbeiterinnen in einem Keller am anderen Ende der Stadt, wo mein Vater Siebdruckarbeiten auf Bestellung erledigte. Da er sich nicht mit einem ruhigen Angestelltendasein abfinden könne, sagte mein Onkel immer, wolle mein Vater unbedingt Kapitän eines Äppelkahns sein, der schon von Anfang an leckgeschlagen sei.

»Jammerschade, daß jemand in deinem Alter in den Ferien hier festsitzt«, befand Señora Consuelo, während sie sich bückte, um den Lappen in einen vollen Wassereimer zu tauchen. Ihr Ausschnitt verrutschte bei der Bewegung, und ich bekam ihren ausladenden Vorbau zu sehen, der im Büstenhalter wogte. Sie merkte es und sah mich lange und eindringlich an. Als sie schließlich zu mir kam, um das leere *Hot-fudge*-Glas auf meinem Tisch abzuräumen, warf sie mir wieder diesen starren Blick zu. In dem Moment kam der blonde Bursche von neulich herein, und Coral, die an der Kasse saß, richtete sich das Haar, und Señora Consuelo ging zu ihm und nahm die Bestellung entgegen. Kurz darauf hörten wir ein entferntes Brummen.

»Da kommt er«, sagte ich.

Die Gestalt des Tapirs mit seinem spitzen Gesicht und

der dicken Brille, in windschlüpfriger Haltung an den Lenker geklammert, zeichnete sich am Ende der Straße ab. Der Blonde drehte sich auf seinem Stuhl um, folgte ihm mit dem Blick, bis er um die Ecke bog, und als der Tapir wieder am anderen Ende der Straße auftauchte, wandte er sich zu mir und gab mit professioneller Miene den Hubraum des Motorrollers bekannt. Ich sah ihn weder an, noch nickte ich bestätigend. Ich hatte beschlossen, den Kerl nicht zu mögen, er sah zu geschniegelt aus. Ich stand auf und ging zur Theke, um zu zahlen. Als Coral das Geld entgegennahm, flüsterte sie, so daß ihre Mutter es nicht hörte:

»Sag Justo, er soll nicht auf mich warten, ich habe noch zu tun.«

Das war eine der wenigen Male, bei denen sie das Wort an mich richtete.

Im Gemüseladen sortierte Justo gerade Feigen ein, die ihm die Stadtverwaltung geliefert hatte, und als ich ihm die Botschaft überbrachte, versteinerte seine Miene, und er wandte das Gesicht ab. Ich schlug ein Comic-Heft auf, setzte mich auf meinen Stuhl und beobachtete ihn aus den Augenwinkeln.

»Sag mal, war da so ein Blonder in der Eisdiele?« knurrte er, ohne mich dabei anzusehen.

Ich blickte auf und bejahte.

Er wurde noch steifer, und ich griff nach einem Pfirsich. Da hörten wir das Brummen des Motorrollers. Es schwoll an, entfaltete sich wie ein Gestank in der Luft und wurde schließlich von der flirrenden Hitze der Straße verschluckt. Ich biß ein paarmal in den Pfirsich, und um etwas Konversation zu betreiben, sagte ich:

»Ich an Stelle dieses Trottels würde zur Lagune abrauschen, und du?«

Statt zu antworten, sah Justo auf einen Schimmer am Fußboden und zischte:

»Du Ferkel, immer mußt du alles schmutzig machen!«

Dann räumte er weiter die Feigen ein, während ich den Lappen holen ging und sorgfältig das Safttröpfchen wegwischte.

An diesem Abend hatte ich schon so ein Gefühl, daß uns zu Hause das Geld ausgegangen war. Es war bereits Mitte Juli, und mein Vater hatte mich immer noch nicht gebeten, in die Fabrik zu kommen und »mit anzupakken«. Seit einer Woche war er selbst schon nicht mehr zur Arbeit gegangen. Er strich mit gequälter Miene im Haus umher, die unvermeidliche Zigarette zwischen den Fingern, telefonierte oder lehnte sich stundenlang aus dem Fenster, wie ein Kranker oder jemand, der eine lebenswichtige Botschaft erwartet. Ich fragte meine Mutter lieber nicht, aus Angst, daß die beiden wieder einen Streit vom Zaun brachen, aber ich erriet, daß sie die Fabrik verkaufen wollten, und von da an bat ich nicht mehr um Geld für meine täglichen Ausgaben.

Als ich am nächsten Morgen zur Eisdiele kam, wußte ich, daß ich mein letztes *Hot fudge* in diesem Sommer essen würde. Señora Consuelo rückte ihre Frisur zurecht, als sie mich sah, und sagte, ich solle mich an die Theke setzen, weil sie die Tische draußen noch nicht abgewischt hätte. Ich kletterte auf einen der Barhocker und stellte fest, daß Coral nicht heruntergekommen war. Ohne zu fragen, nahm Señora Consuelo ein langes *Hot-fudge-*

Glas aus dem Regal, und ich folgte jeder ihrer Bewegungen, während sie die heiße Schokolade ins Glas goß und den metallenen Eislöffel in den Vanilleeisbehälter tauchte, um eine vollkommene Kugel zutage zu fördern, die sie ins Glas gleiten ließ, als würde sie mit einem Stopfen ein Rohr verschließen. Ich sah dem ganzen Vorgang mit Wehmut zu. Sie goß einen weiteren Schuß heiße Schokolade nach, bestreute das Ganze mit Krokant und krönte es mit einer Sahnewolke. Dann stellte sie mir das *Hot fudge* vor die Nase, ließ jedoch das Glas nicht los und sah mich mit demselben Blick wie am Vortag an. Ich spürte ein Brennen im Bauch, sie lächelte, atmete schwer und blieb so stehen. Sie ließ das Glas nicht los, sondern präsentierte mir wie ein Kunstspringer am Rande des Sprungbretts mit einer unmerklichen Geste ihre aufmüpfigen Brüste, die über der Resopaltheke aus ihrem schwarzen Büstenhalter quollen. Da ich mich nicht rührte, ja trotzig-steif vor meinem *Hot fudge* saß, wurden ihre Augen auf einmal kälter, und sie ließ das Eis los, wandte den Blick ab, bückte sich nach dem feuchten Lappen und fuhr unwirsch damit über die Resopalplatte.

Ich schlug die Augen nieder, suchte Zuflucht beim *Hot fudge* und löffelte es langsam auf, ohne den geringsten Genuß dabei zu empfinden, den Blick aufs Glas geheftet, bis sie schließlich fertiggewischt hatte. Sie verschwand in der Putzkammer, und ich nutzte die Gelegenheit, um die abgezählten Münzen auf die Theke zu legen und mich davonzustehlen.

Ich hatte keine Lust, bei Justo vorbeizuschauen. Die Hände in den Taschen vergraben, ging ich bis zum Rodétum-Park, wo für gewöhnlich frischverliebte Pärchen

flanierten und der nun verlassen und wuchernd dalag.
Ich ging in den Park hinein, immer noch erregt von den
Riesenbrüsten über der Resopaltheke, und am Ende eines Kieswegs sah ich zwei junge Leute, die sich hinter
einem Busch Immergrün umarmten. Es waren Coral und
der Blondschopf. Ich konnte mich gerade noch ducken,
damit sie mich nicht sahen. Er hielt sie mit fast soldati-
schem Griff um die Hüfte gefaßt, ganz schneidig, als
würde ein frischer Wind ihn von der Schwüle des Tages
erlösen, während sie ihn drückte, an sich zog und auf den
Mund küßte. Zum ersten Mal fielen mir ihre Brüste auf,
groß wie die ihrer Mutter, und ich schlich mich leise davon, ging den kurzen Weg zurück und verließ den Park.

Justo fegte gerade den Boden des Gemüseladens und
blickte kaum auf, als ich eintrat.

»Du Ferkel«, sagte er und deutete auf ein paar Klümpchen Erde, die meine Schuhe hinterlassen hatten. Aber
diesmal setzte ich mich auf meinen Stuhl, ohne ihn zu beachten. Er hörte mit dem Fegen auf.

»Bist du taub? Mach das sauber.«

Zum ersten Mal tat er mir leid. Als er sah, daß ich mich
nicht rührte, lehnte er den Besen an die Wand, packte
mich am Hemd und riß mich vom Stuhl hoch.

»Kommst dir wohl toll vor, was?«

»Ich war im Rodétum-Park«, sagte ich, »da sind Coral
und der Blonde und knutschen.«

Sein Griff lockerte sich. Als er mich losließ, holte ich
den Scheuerlappen, schleifte ihn bis zu dem Schmutz-
häufchen, putzte es weg und nahm mir ein paar Wein-
trauben. Ich stützte mich auf den Ladentisch, um in den
Genuß des Ventilatorlüftchens zu kommen.

Justo ging hinaus und lehnte sich in dem schmalen Schattenstreifen, den der Dachvorsprung des Gemüseladens warf, gegen die Mauer. Dort blieb er wie angewachsen stehen und starrte auf den Bürgersteig gegenüber. Ich griff wieder zu meinem Comic-Heft. Ein paar Minuten später war das Knattern des Motors zu hören. Es wuchs wie gewöhnlich an, verkümmerte jedoch plötzlich zu einem Stottern und erstarb schließlich ganz. Als ich aufblickte, stand Justo nicht mehr an seinem Platz. Ich verließ den Ladentisch, schaute zur Tür hinaus, und da hörte ich den Plumps und sah, wie sich der Tapir am Boden wälzte und Justo sich mitten auf der Straße über den Motorroller beugte und ihn am Lenker hochzog. Er schwang sich auf den Sitz, sah mich und rief:

»Los, auf zur Lagune!«

Ich lief zu ihm, während der Tapir auf dem Boden nach seiner zerbrochenen Brille tastete, kletterte auf den Gepäckträger des Motorrollers und spürte den Vorwärtsruck und die heiße Ohrfeige der Luft.

Aber wir fuhren nicht in Richtung Lagune, sondern zum Rodétum-Park. Wir umrundeten ihn erst einmal ganz, dann bremste Justo, und ich stieg ab, um an einen Baum zu pinkeln. Währenddessen zeigte ich ihm mit dem Finger die Richtung, aber er wollte nicht absteigen, und so mußte ich ihm auf dem Kiesweg bis zu den Immergrünbüschen vorangehen. Der Blonde und Coral waren nicht mehr da.

Ich schwang mich wieder auf den Gepäckträger, und wir drehten zwei weitere Runden um den Park. Justo hatte keinen Spaß an dem Motorroller, wir fuhren im Schneckentempo und kamen fast um vor Hitze. Außer

einem greisen Pärchen, das auf einer Bank den Schatten
genoß, war niemand im Park.

»Jetzt drehen wir ja Runden wie der Tapir!« sagte ich.

Als Antwort drehte Justo auf, und wir ließen den Park
hinter uns. Aber wir fuhren nicht zur Lagune, sondern
zum Gemüseladen.

Der Tapir war nicht mehr da. Justo stieg ab und ging in
den Laden, während ich den Motorroller gegen die
Mauer lehnte. Ich sah, wie er mit einem Schlag stehen-
blieb, und dann stieg auch mir der durchdringende Geruch in die Nase.

Als erstes sah ich eine aufgeplatzte Wassermelone,
dann noch mehr Wassermelonen, Honigmelonen, Trauben, Avocados, Mangos und all die anderen zertrampel-
ten Früchte am Boden. Die zerdrückten Eier rannen am
Ladentisch herunter, und aus dem Haufen von Schalen
und Fruchtfleisch stieg ein süßlicher Geruch auf, der immer mehr Fliegen anzog. Ein flüchtiger Blick genügte,
um zu sehen, daß der Tapir alle Regale verwüstet hatte.
Justo schlug die Hände vors Gesicht und ließ sich auf
einen Stuhl fallen. Ich begriff zunächst gar nicht, daß
er weinte. Es waren abgehackte Schluchzer, mehr ein
Schluckauf. Wie gelähmt blieb ich inmitten der Sauerei
stehen und dachte mir, wenn jetzt ein Kunde herein-
kommt. Ich wußte, ab morgen würde Justo nach einer
entsetzlichen Tracht Prügel in der kleinen Zucht seines
Vaters Kaninchen versorgen müssen. Es lagen noch zwei
Wochen Ferien vor mir, und ich fragte mich, wohin ich
mich nun flüchten sollte. Vielleicht hatte meine Mutter
recht, und Justo war halb verblödet. Ich verließ den Laden und lehnte mich im Schatten des Dachvorsprungs an

die Mauer. Ich sah auf die Häuser gegenüber mit ihren heruntergelassenen Jalousien, der Großteil von ihnen verlassen, und ich haßte Justo. Da bemerkte ich die Trauben vor meinen Füßen, unversehrt und prall, die einzigen Überlebenden des Gemetzels, und ich zertrat sie, um sie dem übrigen gleichzumachen, ohne daß jemand es sah.

Die Vetricciolis

Unsere Zahl wuchs zwar von Jahr zu Jahr, doch das alte Haus in der Calle Bolívar beherbergte uns auch weiterhin ohne Not, ja, eigentlich wurde es auf unmerkliche Weise immer gemütlicher. Mit all seinen verborgenen Winkeln und engen Fluren, die plötzlich grundlos breiter wurden, kam es uns nicht wie ein einziges, sondern wie eine Verschmelzung von vielen Häusern vor, die irgendwann rempelnd und schubsend um ein und denselben Platz gekämpft hatten.

In jeder Ecke stand ein Schreibpult, das manchmal kaum über ein einfaches Brett als Unterlage für Manuskripthalter und Tintenfaß hinausging. Weitere Pulte standen in den alten Schränken der Familie, in Fensteröffnungen und auf Zwischenböden, die man eingezogen hatte, um die stattliche Höhe der Decken oder die leichte Wölbung über einem Flur oder einer Stube zu nutzen. Nicht die kleinste Höhlung oder Mauerlücke wurde verschenkt. Pulte gab es noch in der winzigsten Aussparung, wo nur mit Mühe ein Kind hineingepaßt hätte, und auch in solchen Nischen wurde, wie überall im Haus, zehn bis zwölf Stunden täglich gearbeitet, bei Tageslicht oder beim Schein einer Lampe. Die Zimmer lagen im oberen Stock, doch oft kam es vor, daß ein Vetriccioli nach vollbrachtem Tagewerk über seinem winzigen Schreibbrettchen einschlief, Feder in der Hand.

Wenn ein Vetriccioli auf die Welt kam, versammelten

sich die Alten im Keller und wählten für das Neugeborene den zukünftigen Arbeitsplatz aus: den Westflügel, die Zwischenböden im Süden (wo früher einmal eine Küche gewesen war), die labyrinthischen Ostschleifen oder das Gewölbe in der Mitte des Hauses. Und sobald es drei Jahre alt war, nahm ein Onkel oder älterer Vetter das Kleine unter seine Fittiche und machte es mit den Pulten, den Schubladen, der schwindelnden Höhe der Böden und den Wörterbüchern vertraut. Als Sechsjähriger wußte ein kleiner Vetriccioli schon, wie man sich gerade hinsetzt, Löschpapier benutzt, Bleistifte anspitzt, mit einem Gummi radiert, ohne das Blatt zu zerreißen, und eine Schreibecke aufräumt. Man brachte ihm bei, die Manuskripte von einem Zwischenboden zum anderen zu tragen und seinen Onkeln und Vettern die Tintenfässer aufzufüllen. Am Ende des Tages zeigte er dann stolz seine tinteverschmierten Finger. Wenn er sieben Jahre alt wurde, bekam er die ersten Sätze und Abschnitte zu übersetzen, nicht nur zur Übung, sondern auch um herauszufinden, welcher Platz im Familiengefüge wohl später einmal der beste für ihn war.

Tatsächlich ging jede unserer Übersetzungen von Hand zu Hand, bis sie unendliche Male hin- und hergewendet war. Eine Hand widerrief die andere, nur um erneut widerrufen zu werden, ja, ganze Böden, Schränke oder Flügel fielen sich gegenseitig in die Feder. Dies führte zwar zu Verzögerungen bei der Ablieferung an die Verlage, doch nach so vielen Verbesserungs- und Korrekturgängen war das Werk, ähnlich einer Bouillon, durchdrungen vom Aroma und vom Stil der ganzen Familie, es hatte diesen Zauber, den ein Kundiger mit einem Ausruf der Bewunderung auf den ersten Blick erkannte:

»Das ist garantiert ein Vetriccioli!«

Es zeugte von gutem Geschmack, unseren Namen zusammen mit dem des Autors zu nennen, und es hieß: »Ich habe mir gerade einen Vetriccioli-Molière gekauft«, oder: »Der Sowieso hat mir den letzten Vetriccioli geschenkt, Heines *Florentinische Nächte*.« Oder gar: »Ich habe zu Hause einen 42er Vetriccioli«, ohne das Werk oder den Verfasser auch nur zu erwähnen.

Die Guarnieris, die drei Straßen weiter in der Calle Turin wohnten, wollten uns Konkurrenz machen, und ihr Fachgebiet, wie sie in der Zeitung annoncierten (sie waren so geschmacklos, Anzeigen aufzugeben), waren tote Sprachen. Aber wer wollte sich anmaßen, eine Sprache für tot zu erklären? Selbst wenn ein Idiom nicht mehr gesprochen wird oder nur für kurze Zeit unter den Menschen Gültigkeit besessen hat, bleibt es im Unterbewußtsein haften und wird hie und da immer aufleben. Deshalb kam es häufig vor, daß irgendein kleines Kerlchen, das gerade erst die Feder halten lernte, auf einen fernen Zwischenboden kletterte und ein Wort aus einer alten kaukasischen Sprache oder einem turkestanischen Dialekt, an dem die Alten der Familie verzweifelten, rein intuitiv bis zu seinem Ursprung zurückverfolgte. Für uns gab es nichts Vergängliches, nichts, was es dem Vergessen zu entreißen galt, es gab nur verschiedene Schichten in ständiger Neuformung, so daß uns die Guarnierische Trennung zwischen lebenden und toten Sprachen mehr wie ein Vorwand erschien, um die Preise in die Höhe zu treiben. Aber was war schon von einer Familie zu erwarten, deren Mitglieder in einem dreigeschossigen Bürogebäude arbeiteten, nicht zusammenlebten, gewiß untereinander konkurrierten und wahrscheinlich nicht einmal alle Guarnieris waren?

Wir gingen nie aus dem Haus. Selbst wer nur eine Straße überquert, braucht feste Überzeugungen, und soviel ich weiß, hat kein Vetriccioli außerhalb der Arbeit je etwas verfochten, das einer allgemeinen Überzeugung oder Wahrheit gleichgekommen wäre, noch hat je einer ein fremdes Verhalten mißbilligt, abgesehen vom Opportunismus der Guarnieris. Die Ideen, auf die wir in den Manuskripten stießen, ließen uns gleichgültig. Bei einem Gedanken achteten wir auf Stimmigkeit, um diesen korrekt zu übersetzen, nicht um ihn fortzuspinnen oder uns anzueignen, wie die Guarnieris es taten. Man konnte sich leicht die kleinlichen Dispute in der Calle Turin ausmalen, die Wortgefechte und Prinzipienreitereien, die erhitzten Gemüter und beleidigten Mienen! Welch ein Unterschied zu unseren ausgelassenen Plaudereien beim Abendbrot, die vor Witz sprühten und bei denen es darauf ankam, den anderen zu Wort kommen zu lassen und eines jeden Marotte und heimliche Neigung zu erspüren, das Klingeln der Seele. Oh, wir verstanden uns schon immer ausschließlich als Treibriemen, das war unsere Leidenschaft. Wir lebten im Profil: halbe Verantwortung, halbes Leben. Und dabei half uns unser Äußeres. Wir Vetricciolis, ob Mann oder Frau, sind immer schlank gewesen, im Gegensatz zu den Guarnieris, die fett und behäbig waren wie ihre Prosa. Auch der Dünnste von ihnen hätte sich in unserem verwinkelten und verschachtelten Haus nur mühsam von der Stelle bewegen können.

Keiner von uns kannte das ganze Haus, nicht nur wegen seiner Größe und den Hunderten von Flurwindungen, sondern weil der Arbeitseifer es vor uns verborgen hielt. Wer sich zu einer umfassenden Besichtigung aufmachte, langweilte sich bald, und wo er seine Expedition abbrach, wurde ihm das nächste halbhohe oder bodennahe Pult, an dem seine Dienste gebraucht wurden, angewiesen. Diese Wanderungen waren zwar selten, aber sie trugen zu einer Vereinheitlichung des Stils bei, da sie die unterschiedlichen Bereiche des Hauses, welche mit der Zeit ihre Eigenheiten ausgeprägt hatten, untereinander verbanden. Die Ostschleifen waren berüchtigt für ein Übermaß an Passivformen und Semikola. Was putzmunter und mit rhythmischer Eleganz dort hingelangte, kam gesetzt und steif wieder heraus. Man nannte es die *orientalische Kadenz*, gut für Memoiren und Briefliteratur, unbrauchbar jedoch für fröhliche Episoden und solche voll drängenden Ungestüms. Aufgabe des Ururgroßvaters und der anderen Alten im Keller war es vor allem, die Manuskripte Abschnitt für Abschnitt in den jeweils geeignetsten Bereich zu dirigieren. Bei lyrischem Raptus nichts besser als der Westflügel. Bei Argwohn, Zweifel und Verdruß hingegen die Böden im Süden. Es genügte die leichteste Schwankung im Tonfall des Autors (ein nostalgisches Abgleiten, ein Satz mit der Patina des Grolls), und unverzüglich machte das Manuskript die Reise an einen anderen Ort des Hauses, und sei es für wenige Zeilen. In jedem Bereich erblühten die unterschiedlichsten Talente. Ein bestimmter Zwischenboden hatte es in Schmährufen zur Meisterschaft gebracht, ein anderer in Zornesgestammel. Die Manuskripte gingen Tag für

Tag über Dutzende von Schreibpulten und wurden einer geradezu krankhaften stilistischen Prüfung unterzogen. Und so wie kein Vetriccioli je das ganze Haus durchstreift hatte, gab es auch nur wenige, die ein Manuskript von A bis Z kannten. Ich will damit sagen: Unser aller Leben verlief zwischen kurzen Passagen und Satzstummeln. Es verhinderte, daß man sich hinreißen ließ und die Kontrolle über den Text verlor, schärfte vielmehr unsere Sinne für die Bedeutung eines jeden Wortes, aber es machte uns mit der Zeit auch unempfänglich für den Inhalt und die Verkettung der Fakten. Was bei der achten Generation schließlich dazu führte, daß jede Lust daran verlorenging, sich beim Abendbrot in geistreicher Konversation zu üben. Die Erzählungen der Älteren klangen für die Jungen wie sinnloses Gebrumm, so daß sie bald schon die Köpfe auf die langen Tische sinken ließen und einnickten. Wenn sie sprachen, dann in jähen Schüben, ohne Gefühlsregung, worauf sie gleich wieder verstummten, als hätten sie den Mund gar nicht aufgetan. Sie waren die Größten und Schlanksten in der Familie, käseweiß fast, ganz sehnig, und über die Guarnieris machten sie sich nie richtig lustig, lachten überhaupt kaum. Sie benutzten weder Wörterbücher noch Grammatiken, und wenn sie über eine heikle Stelle stolperten, baten sie nicht um Hilfe, sondern krampften Füße und Magen zusammen, schlossen die Augen, atmeten tief durch und fanden, wie beim stummen Bittgebet, das passende Wort oder die erlösende syntaktische Wendung.

Als sie uns alle entthronten, hatten sie sich nicht verbündet. Es war ein einziger wilder Haufe, denn auch untereinander traute längst keiner mehr dem anderen. Des

Lärms überdrüssig, den wir bei der Arbeit machten, brach der Zorn eines Wintermorgens aus ihnen heraus. Sie stiegen in den Keller hinab, und als erstes erhängten sie die Alten. Wir alle wurden überrumpelt, der Trott an den Pulten hatte uns langsam gemacht. Viele fanden die Tür zur Straße nicht, andere begriffen erst, was geschah, als auch sie an einem Balken oder Zwischenboden hingen und strampelten. Die wenigen, denen die Flucht gelang, sind nicht wieder zusammengekommen, jeder hat sich durchgeschlagen, so gut er konnte.

Seit jenem Tag waren die Guarnieris erfolgreich wie nie. Sie stockten ihr Gebäude in der Calle Turin auf und verlangten, daß man sie in den Büchern nannte. Dieser primitive Brauch ist heute weit verbreitet. Wir hätten niemals zugelassen, daß man unseren Namen druckt, all unsere Würde, alle Mühe setzten wir darein, uns im Innersten davon zu überzeugen, daß wir nicht existierten, wir wollten aufdecken, daß der Autor in Wahrheit Spanisch konnte, daß er heimlich auf spanisch schrieb, daß irgendein dummer Zufall ihn in letzter Minute gezwungen hatte, sein Werk in eine andere Sprache zu tauchen, deren äußere Schicht wir nun ablösten wie den Verband eines Verwundeten. Wieviel Anmut und Leichtigkeit ein Wort erlangte, war es erst umgeschmolzen in seine ursprüngliche Form! Die Guarnieris kämpften darum, sich in den Büchern gedruckt zu sehen, und vergaßen, daß das Geheimnis unseres Berufes die langsame, barmherzige Rehabilitierung war. Wir waren da, um die Wunden zu schließen, die Gesundheit zurückzugeben und die Dinge an ihren alten Platz zu stellen, mehr nicht.

Wenn ich heute an der Gartenmauer in der Calle Bolívar vorbeikomme, bleibe ich ein paar Minuten vor dem leeren und verfallenen Haus stehen (wie zu erwarten, hatten *sie* sich, kaum war den anderen der Garaus gemacht, in ihrer Blindheit und Taubheit auch schon gegenseitig umgebracht, doch ich übernahm es, den Briefkasten zu leeren und die Korrespondenz auf eine Art zu erledigen, daß jeder Verdacht zerstreut wurde und neugierige Fragen gar nicht erst aufkamen), und dann sehe ich sie alle wieder vor mir: Urgroßvater Julio, Tante Sampdoria und Onkel Cornelio, meine Brüder Pylades und Edgardo, meine sämtlichen Vettern und Onkel aus dem Gewölbe in der Hausmitte, wie sie fluchten und schnatterten und sich die Augen wund sahen auf der Suche nach dem richtigen Adjektiv oder der einfachsten Wendung. In allen Ecken verzehrten sie sich im selben Fieber nach Vollendung, und obwohl unsere Zahl von Jahr zu Jahr wuchs, hielt unser Haus immer eine verborgene Falte oder unberührte Bucht für einen neuen Vetriccioli bereit, gab hier einen Winkel her, dehnte sich dort. Natürlich mußte man sich den kleinen Kameraden anpassen, ihnen Platz schaffen, unmerklich dünner werden, beim Schreiben den Arm fester an den Körper pressen, das Nachschlagen in Wörterbüchern einschränken, um die anderen so wenig wie möglich zu behindern, präziser und bedachtsamer in der Wahl der Wörter sein, kurz, man durfte nicht mehr zur Last fallen, als unumgänglich war. Und so bewirkte jeder neue Vetriccioli zwangsläufig eine hauchfeine Umbildung, einen nahezu unspürbaren Wandel in Tonfall oder Stil, so wie die Alten, wenn sie starben, Wörter oder Rhythmen unwiederbringlich mit sich nahmen. Allen gemeinsam war die Hingabe, die Aufopferung für das Haus, das Bewußtsein, daß man nichts erfand, daß man überarbeitete, was andere bearbeitet hatten, und verbesserte, um selbst verbessert zu werden, daß es Originalität nicht gab und kein persönlicher Zug sich ziemte, weshalb er getilgt werden mußte, und daß dies der wesentliche Unterschied zwischen uns und den Guarnieris war, zwischen ihrer Korpulenz und unserer Wendigkeit, zwischen ihrem mehrgeschossigen Gebäude und unserem alten Haus in der Calle Bolívar, in dessen Tausenden von Ecken und Winkeln der einzelne sich verlor.

Das Luder

Ich wußte schon, daß sie uns bestehlen würde, kaum hatte ich die Tür aufgemacht und sie mit der gefalteten Einkaufstasche unterm Arm auf dem Treppenabsatz stehen sehen.

»Ich bin Camelia, die Señora Guzmán schickt mich.«

Ich ließ sie herein, führte sie in die Küche und gab ihr dort unwirsch Anweisungen, womit ich ihr schon im voraus die Diebstähle heimzahlen wollte, die ich an ihren Augen ablas. Es fehlte nicht viel, und ich hätte zu ihr gesagt: »Paß ja auf, wenn mein Mann oder ich dich erwischen, dann hilft kein Bitten und kein Betteln, wir rufen sofort die Polizei!«

Ich zeigte ihr das Wohnzimmer und ging wieder zu Alberto, der im Bett lag und rauchte:

»Wie ist sie?«

»Eine Diebin, wie alle.«

Ich ließ den Morgenrock fallen, Alberto drückte die Zigarette im Aschenbecher aus und streifte mir die restlichen Sachen herunter. Dann steckte er sein Bein zwischen meine Schenkel. Ich sagte zu ihm:

»Scheint ein durchtriebenes Luder zu sein. Die wird mitgehen lassen, was nicht niet- und nagelfest ist. Bestimmt sieht sie sich gerade um, was sie am liebsten einstecken möchte.«

»Miststück!« murmelte er.

Er küßte meine Schenkel, während ich auf die Schritte

von Camelia im Wohnzimmer lauschte und auf das Geräusch der Gegenstände, die sie verschob.

»Hörst du nicht, wie sie schnüffelt, wie sie stöbert?«

»So ein Biest!«

Ich sagte Camelia, sie solle dreimal die Woche kommen. Als sie ging, durchkämmte ich die ganze Wohnung, um zu sehen, ob etwas fehlte. Sie putzte schlecht, aber auch nicht schlechter als die anderen.

»Na, was hat sie gestohlen?« fragte Alberto, als er vom Büro zurückkam.

»Dieses Miststück ist ein ganz raffiniertes, die klaut nur einmal, etwas Wertvolles, keinen Krimskrams, und dann auf Nimmerwiedersehen. Im Moment sondiert sie noch das Terrain.«

»So ein Aas!«

Camelia kam zwischen acht und halb neun. Ich machte ihr im Morgenrock auf, sagte ihr schnell, was zu tun war, und ging wieder ins Bett, wo Alberto gespannt auf mich wartete und rauchte.

Ich zog Morgenrock und Nachthemd aus.

»Du hättest sehen sollen, wie fein die angezogen ist.«

»Dieses Biest! Woher die wohl das Geld hat?«

»Tu nicht so dumm. Vom Stehlen.«

Ich ließ mich aufs Bett fallen, und er küßte mich auf die Schenkel und auf den Hintern und schnurrte immer fiebriger um mich herum. Ich rührte mich nicht.

»Hörst du, wie sie stöbert, wie sie schnüffelt?«

»Ja, diese Schlampe!«

Wenn er ins Büro ging, blieb ich im Arbeitszimmer oder ging einkaufen, und sobald Camelia fort war, inspizierte ich jeden einzelnen Raum.

Ich fand alles an seinem Platz. Manchmal war etwas leicht verrückt, mehr aber nicht.

»Na, was hat sie gestohlen?« war Albertos erste Frage, wenn er nach Hause kam.

Ich wiederholte ihm verärgert, daß wir es hier bestimmt mit einem gerissenen Luder zu tun hatten, nicht mit einem Bauerntrampel.

»Wirst schon sehen, die ist nicht so raffiniert, wie du denkst«, sagte er eines Morgens, nahm drei Zehntausendpesoscheine, rollte sie zusammen und versteckte sie in einer Ecke des Wohnzimmers.

»Was machst du da?«

In dem Moment klingelte es an der Tür. Alberto war noch im Pyjama und ging ins Schlafzimmer. Ich machte Camelia auf, ganz nervös, und ging zu Alberto, der hektisch und lustlos rauchte.

»Miststück!« murmelte er.

Wir blieben im Bett liegen, ohne uns zu rühren, und blickten an die Decke. Alberto rauchte zwei Zigaretten hintereinander, stand auf, zog sich den Bademantel über und ging aus dem Zimmer. Als er wiederkam, konnte ich schon an seinem Gesicht ablesen, daß das Geld noch an seinem Platz war. Er legte sich hin, kehrte mir den Rücken zu und steckte sich eine weitere Zigarette an.

»Vielleicht hat sie in der Ecke noch nicht saubergemacht«, sagte ich.

Wir hörten, wie der Besen ruckartig über den Wohnzimmerteppich schabte. Zehn oder fünfzehn Minuten später, als Camelia aufs Klo ging, zog ich mir rasch den Morgenmantel über und schlüpfte auf Zehenspitzen ins Wohnzimmer. Das Geld war verschwunden. Ein Glücksgefühl überkam mich, hart und heiß. Um auf Nummer Sicher zu gehen, schaute ich noch einmal gründlich nach. Ich fand nichts. Als Camelia aus dem Bad kam, war ich wieder im Schlafzimmer. Meine Beine zitterten. Alberto sah mir an, daß etwas passiert war.

»Was ist los?«

»Dieses Biest!« murmelte ich und fing an, mich auszuziehen.

Er hing an meinen Lippen, aber ich machte den Mund nicht auf.

»Sagst du es mir jetzt oder nicht?« schrie er fast.

Ich ließ mir absichtlich Zeit damit, vor dem Spiegel den BH auszuziehen. Ich wußte genau, daß meine Brüste ihn um den Verstand brachten.

»Sieh selbst nach«, sagte ich, ohne ihn anzuschauen, inzwischen nackt.

Er drückte die Zigarette im Aschenbecher aus, stand auf und ging geräuschlos auf den Flur. Genauso unauffällig kam er wieder zurück. Seine Augen blitzten.

»Dieses Luder hat uns bestohlen!«

»Was hast du erwartet?«

»Sie hat uns reingelegt.«

»Und jetzt ist sie garantiert im Bad und steckt sich das Geld in den Slip oder in die Schuhe. Und lacht über uns!«

Er zog den Bademantel aus, kniete sich hin und küßte mir die Knöchel, die Zehen, die Kniekehlen. Er zitterte.

»Verfluchtes Biest!« schnaubte er.

»Das ist erst der Anfang. Am Ende haben wir nichts mehr. Die wird uns ausplündern! Restlos!«

Er stöhnte, und im selben Augenblick leckte er schon über meine Beine und schmolz dahin.

Als er zur Arbeit ging, stieg Camelia zum Dach hoch, um die Wäsche und die Bettlaken aufzuhängen. Es war schon sehr spät, und ich behielt den Morgenmantel an. Als ich in die Küche kam, sah ich die drei Zehntausendpesoscheine auf dem Tisch liegen, sorgfältig glattgestrichen unter dem Onyxaschenbecher. Ich starrte hin, ohne sie anzufassen. Camelia hatte sie ausgebreitet wie eine Fahne, wie einen glücklichen Beweis. Es war eine selbstgefällige Geste, mit der sie sich das Recht nahm, von uns Dankbarkeit zu verlangen, es war der Hochmut der demütigen, geduldigen Tiere. Ich setzte mich an den Tisch und wartete. Als sie vom Dach herunterkam, empfing ich sie mit eisigem Blick:

»Was hat das Geld hier zu suchen?«

»Ich habe es im Wohnzimmer gefunden, Señora«, sagte sie ungerührt.

Sie hielt den Plastikeimer in der Hand und sah erschöpft aus. Eine unerbittliche Ameise. Ich haßte ihre schrille, bäurische Stimme, ihre gütigen Augen, wie aus einer Telenovela.

Ich ging aus der Küche, ließ die Scheine auf dem Tisch liegen und stellte mich kurz unter die Dusche, um neuen Mut zu fassen. Bevor ich einkaufen ging, sagte ich zu ihr:

»Camelia, mein Mann und ich fahren für sechs Monate weg. Hier hast du deinen Lohn«, und drückte ihr die drei Zehntausenderscheine, die noch unter dem Aschenbecher lagen, in die Hand.

Sie schaute mich an, ohne den Mund aufzumachen, das zusammengeknüllte Geld in der offenen Hand.

»Er ist nach Guadalajara versetzt worden, wir haben es selbst erst diese Woche erfahren.«

Ihr fassungsloses Schweigen war unerträglich, ich wollte nur, daß sie endlich ging.

»Du kannst ruhig schon gehen... Du brauchst nicht weiterzuputzen, wir packen heute noch die Koffer, es ist nicht mehr nötig.«

»Ja, Señora.«

Sie holte ihre Einkaufstasche aus der Küche und klemmte sie sich gefaltet unter den Arm. Ich machte ihr die Tür auf, sie nickte kurz, und ich roch ihr billiges Parfüm.

Danach ging ich ein paar Besorgungen machen und kam erst mittags zurück. Als ich das Durcheinander in den Zimmern und das schmutzige Geschirr sah, bereute ich es, Camelia nicht bis zum Ende ihrer Arbeitszeit dabehalten zu haben. Ich verfluchte sie dafür, daß sie mir so prompt gehorcht hatte. Ich wollte ein wenig aufräumen, aber ich konnte nicht. Diese Schlampe! Als Alberto heimkam, stand ich verloren da, mitten in dem ganzen Chaos.

»Was ist passiert, was ist mit dir?«

»Was soll schon mit mir sein. Dieses Miststück!«

Ich sah, wie er wütend wurde, wie sein Blut in Wallung geriet.

»Sie ist ausgeflogen! Auf und davon! Ein Kinderspiel mit dem Geld, das du ihr hinter den Vorhang gelegt hast. Und sie hat uns mitten in dieser Schweinerei sitzenlassen!«

Er starrte wie hypnotisiert auf die Unordnung in der Küche und im Wohnzimmer. Als er sprach, zitterte seine Stimme:

»Sie ist weg... und hat uns das angetan... diesen Dreck?«

»Ja.«

Er machte einen Schritt auf die Küche zu, sah das Geschirr, das sich in der Spüle stapelte, die Reste vom Frühstück, den schmutzigen Fußboden. Er machte eine hilflose Handbewegung:

»Das Luder?« fragte er.

»Ja, das Luder!« sagte ich.

Der Tourist

Noch am selben Nachmittag gingen sie in Begleitung des Arztes Patak den Stein besichtigen. Der Graf hatte dem Wirt Matthias bereits Weisung gegeben, ihn am nächsten Morgen sehr zeitig zu wecken, denn es war eine lange Tagesreise bis Kolosvar, und er wollte vor Einbruch der Nacht dort sein. Auch der jüdische Wirt hatte, mit seinen feierlichen Gebärden, die Vorzüge des Dorfes gar nicht genug betonen können:

»Ein kurzer Aufenthalt hier in Werst würde Ihnen guttun, Herr Graf. Auch wenn es unser Flecken nicht mit Paris aufnehmen kann, werden sein Klima und die Landschaft der Genesung Euer Hochwohlgeboren ganz besonders zuträglich sein.«

»Ich weiß nicht, wer Ihnen gesagt hat, daß ich mich von einer Krankheit erhole, ich habe mich nie besser gefühlt.«

»Ich meinte nur, daß dieser Ort wie geschaffen dafür ist, vor einer langen Reise Kräfte zu sammeln.«

»Mag sein, aber ich bin in Eile.«

Der Stein, von dem Bürgermeister Koltz gesprochen hatte und der sich an einer Biegung der Hauptstraße befand, war ein hoher, schwarzer Basaltbrocken, den der Regen im Laufe der Zeit vom Hang losgewaschen hatte. Der Graf konnte nichts Außergewöhnliches an ihm finden, und als der Bürgermeister ihn nach seiner Meinung fragte, antwortete er:

»Er ist aus Basalt.«

»Ein ganz besonderer Basalt, Herr Graf, Werster Basalt, einzig in seiner Art. Sehen Sie sich nur die Äderung an, derartiges finden Sie nirgendwo sonst. Es würde sich lohnen, noch ein paar Tage bei uns zu bleiben, um sie eingehend zu studieren.«

»Ich bin nicht gerade ein Freund von Steinen.«

»Dann«, schaltete sich Doktor Patak ein, »wird Sie bestimmt die Höhle des Nachtwandlers interessieren, eine der schönsten Grotten in dieser Gegend.«

Der Graf willigte mißmutig ein.

Sie marschierten einen halben Kilometer, bis sie auf einen Pfad stießen, der ins Dickicht führte und am Felshang des Hügels entlanglief. Sie kamen zu einem überwucherten Spalt, und dort zwängte sich Bürgermeister Koltz hinein.

Was der Graf erblickte, war keine Grotte, sondern eine recht geräumige Nische, ein idealer Unterstand bei Gewitter, weiter nichts. Der Bürgermeister bat ihn, die rauhe Struktur des Felsens zu beachten, überaus sehenswert.

»Ah ja...«

»Sie wird allgemein die Höhle des Nachtwandlers genannt«, begann Doktor Patak, »weil hier bisweilen ein Mann aus dem Dorf, ein Nachtwandler...«

Aber er konnte nicht fortfahren, weil sich der Graf stöhnend krümmte und mit beiden Händen die rechte Seite hielt.

»Was haben Sie, ist Ihnen nicht wohl?«

Der Graf winkte ab, und als er sich wieder aufrichtete, tränten seine Augen. Der Bürgermeister und der Doktor wechselten Blicke, enthielten sich jedoch eines Kommentars. Sie führten ihn ins Freie und gingen zur Hauptstraße zurück. Da der Doktor sah, daß der Graf sich erholt zu haben schien, sagte er, daß bei einem Leberleiden doch nichts über das Werster Klima gehe.

»Nichts«, echote Bürgermeister Koltz.

Als sie die Chaussee erreicht hatten, blieb der Graf stehen, sah sie an und sagte:

»Werte Herrschaften, ich bitte Sie, mich zu entschuldigen, aber ich muß diesen herrlichen Ausflug beenden. Morgen habe ich eine lange, anstrengende Reise vor mir.«

Doktor Patak lächelte:

»Das verstehen wir durchaus, aber Sie können Werst nicht verlassen, ohne Fricks Fliege gesehen zu haben. Frick ist einer unserer Dorfhirten. In seinem Haus befindet sich eine Fliege, die Sie unbedingt gesehen haben müssen, seit Jahren lebt sie schon in seiner Küche. Man kann mit Fug und Recht behaupten, daß es sich um eine dressierte Fliege handelt, die erste ihrer Art. Ich bitte Sie, uns zu begleiten, das Haus des Hirten ist nur einen Katzensprung entfernt.«

In kaum zwei Minuten waren sie bei einer bescheidenen Steinbehausung mit ungetünchten Mauern und einem angebauten Stall angelangt. Ein paar Kinder lugten hinter Fricks Rücken hervor, als dieser die Tür öffnete. Sofort gingen auch die Türen der anderen Häuser auf, und mehrere Schaulustige verschafften sich hinter dem Doktor Zutritt, um einen Blick auf den berühmten Besucher zu werfen. Sie machten erst an der Küchenschwelle des Hirten halt, wo sie sich zu einer Mauer aus Augen und Ohren aufbauten. In der Mitte der Küche wies Bürgermeister Koltz auf ein Pünktchen an der Wand beim Spülstein.

»Da ist sie. Das ist Adelheid.«

Die Anwesenden verharrten schweigend. Der Graf trat langsam näher und sah, daß sich die Fliege kaum rührte. Es war eine ganz und gar gewöhnliche Stubenfliege. Er fragte sich, woher der Hausherr und die anderen wissen wollten, daß es immer dieselbe war. Der Schäfer schien seine Gedanken zu erraten, denn er trat zu ihm und sagte mit gesenkter Stimme, aber nicht so leise, daß es nicht alle hätten hören können:

»Sie ist unverwechselbar, sehen Sie nur die Streifen am Unterleib, die Maserung der durchscheinenden Flügel, ein seltenes Muster, einzig in seiner Art. Meine Tante Adelheid, sie möge in Frieden ruhen, hatte ähnliche Fältchen im Gesicht, deshalb haben wir die Fliege nach ihr benannt.«

Die Fliege schien zu spüren, daß sie angesehen wurde, und begann im Kreis zu marschieren, um ihre Reize vorzuführen. Es war so still, daß man das Gefühl hatte, das Kratzen ihrer Beine an der Wand zu vernehmen. Der Graf konnte gar nicht fassen, wie absurd das alles war. Da stand er unter diesen Leuten und schaute sich eine Fliege an der Wand an. Seine Eltern schickten ihn nach Paris, damit er dort mit der Crème de la crème Europas verkehrte, und nach nur drei Tagesreisen verschwendete er seine Zeit in diesem primitiven Haus, umgeben von Bauernvolk, und sah sich eine Fliege an. Das andächtige Schweigen, das in der Küche herrschte, machte ihn noch beklommener, und sein Blick wurde starr, als würde er eine majestätische Landschaft betrachten und nicht ein winziges Getier.

»Ein ganz außergewöhnliches Insekt«, flüsterte ihm Bürgermeister Koltz ins Ohr.

Im Gasthof weckten ihn des Nachts immer wieder die Stiche in der Leber. Und jedesmal träumte er erneut von der Fliege. Sie war es, die ihm diese Stiche versetzte. Sie drang durch den Mund in seinen Körper ein und marterte ihn langsam. Dann erschien ihm die Leber, sie klebte an der Küchenwand, neben dem Spülstein, und alle schauten sie an. »Sehen Sie nur, diese Streifen«, sagte Doktor Patak, und er selbst sah sie sich eingehend an, aufs höchste beunruhigt. Plötzlich tauchte die Fliege auf, sie flog umher, ließ sich schließlich auf der Leber nieder und begann an ihr zu saugen. Dabei blähte sie sich zu monströser Größe auf, die Streifen ihres Unterleibs dehnten sich und ließen häßliche Hautverdickungen erkennen.

Als der Wirt bei Tagesanbruch an seine Tür klopfte, fand er den Grafen wach und schweißgebadet, und er ging Doktor Patak holen, welcher herbeieilte, die Leber abtastete und einen Arzneisirup eigener Herstellung verschrieb. In Anbetracht der Schmerzen in der Seite riet er von einer Weiterreise ab und sprach von einem Ruhetag.

»Noch einen Tag hier?« Der Graf drehte den Kopf mit einem gequälten Gesichtsausdruck zum Fenster. Den beiden anderen stockte der Atem. Der Graf biß sich auf die Lippen:

»Ich wollte Sie nicht verletzen«, stammelte er.

Er stieg aus dem Bett, kleidete sich an, ging zum Frühstück hinunter und bat, ihm die Arznei zu bringen.

Als er das Frühstück beendet hatte, ließ er sich zu den Weiden am Fluß führen.

»Sehen Sie nur, Herr Graf«, sagte Bürgermeister Koltz, »diese unvergleichliche Neigung des Grases.«

Der Graf, der von Zeit zu Zeit seine schmerzende Seite abtastete, rupfte freudlos zwei Grashalme aus, hielt sie gegen das Licht und bemerkte trocken:

»Die Rippen des einen Grashalms unterscheiden sich von denen des anderen, sie stehen in spitzerem Winkel zum Stengel.«

Doktor Patak und Bürgermeister Koltz traten beflissen näher.

»Ja, es besteht ein Unterschied«, sagten sie.

Der Graf rupfte einen weiteren Halm aus, betrachtete ihn in gleicher Weise und sagte mit erhobener Stimme:

»Und bei diesem Grashalm hier liegen die Rippen weiter auseinander, als müßte er tiefer Luft holen, als würde er an Lungenschwäche leiden.«

»Ah ja, ah ja«, sagte Bürgermeister Koltz gequält.

»Das springt ins Auge«, sagte Doktor Patak.

Der Graf warf die drei Grashalme weg und ließ seinen Blick über die weite Fläche der Weiden schweifen, die sich vor ihm ausbreitete. Er sah keine gleichmäßige Fläche, sondern ein Gewimmel von sich bekriegenden, von angreifenden und Widerstand leistenden Einzelkämpfern. Er sah nichts als Feindseligkeit und Chaos, und er spürte, welches Unglück es bedeutete, im Erdreich verankert zu sein, Wurzeln zu haben und darum zu kämpfen, sie nicht zu verlieren. Doktor Patak und Bürgermeister Koltz schauten ebenfalls. Vor ihnen erstreckte sich eine glatte Fläche, die nach Kuhdung stank. Als sie sahen, daß der Graf ein ganzes Büschel Gras ausgerissen hatte, sagte der Bürgermeister nervös:

»Dieses Büschel, das Sie da in der Hand halten, ähnelt dem Besen der Witwe Hermod. Ein Besen, einzig in seiner Art. Es würde sich lohnen, ihn einmal anzuschauen. Das Haus der Witwe Hermod ist nur einen Katzensprung entfernt.«

In fünf Minuten waren sie dort. Die Witwe Hermod fütterte gerade die Hühner. Sie ließ sie herein, holte den Besen, entschuldigte sich und ging zum Hühnerstall zurück. Die drei Männer setzten sich in die Küche, um den Besen zu betrachten. Der Graf bog die Borsten auseinander, griff sich ein paar, bündelte sie kurz zu einer Insel des Friedens, übergab sie dann wieder der Gefräßigkeit der anderen und sah zu, wie sie darin versanken. Diesen Vorgang wiederholte er mehrmals, ohne dem Bürgermeister und dem Doktor, die seine Gesten mit Worten bebender Begeisterung begleiteten, auch nur die geringste Beachtung zu schenken.

In dieser Nacht ließ ihn der Schmerz in der Leber mehrmals aufheulen. Der Doktor, den der Wirt bei Tagesanbruch herbeigerufen hatte, tastete behutsam den Bauch ab und legte eine Minute lang sein Ohr an:

»Die Leber braucht Ruhe«, stellte er fest.

»Sie haben mir gesagt, ich könnte heute abreisen.«

»Ich rate Ihnen nicht dazu. Kolosvar ist weit.«

»Kolosvar ist weit! Kolosvar ist weit! Wie weit denn, Teufel noch mal?«

Der Doktor und der Wirt sahen sich an; der Graf wandte die Augen ab, deutete eine matte Entschuldigung an, griff nach dem Fläschchen mit der Arznei auf dem Nachttisch und nahm sich unter dem wohlwollenden Blick des Doktors einen Löffel davon.

Um ihn abzulenken, führten sie ihm am Nachmittag den abbröckelnden Rand des Spülbeckens der Frau Riatzy vor. Das Haus der Riatzys war nur einen Katzensprung entfernt, und die Frau schien tief bewegt, sie zu sehen. Bürgermeister Koltz und der Graf rückten zwei Stühle heran und setzten sich vors Spülbecken, während Doktor Patak und Frau Riatzy die Abwesenheit von Herrn Riatzy nutzten und im Schlafzimmer verschwanden.

»Was ist das für ein Geräusch?« fragte der Graf.

»Das ist Doktor Patak ... der sich mit Frau Riatzy ergötzt.«

Als die beiden ins Schlafzimmer traten, machte die splitternackte Frau Riatzy Anstalten, sich zu bedecken, aber Bürgermeister Koltz schleuderte ihr einen blitzenden Blick zu:

»Der Herr Graf möchte den Doktor-Patak-der-sich-mit-der-Frau-Riatzy-ergötzt sehen.«

Frau Riatzy zögerte, dann umschlang sie lüstern den Arzt, der sie bestiegen hatte, und die beiden nahmen ihre schnellen Bewegungen wieder auf.

Der Ansturm wurde immer heftiger, sie warf den Kopf hin und her und rief mit weit aufgerissenen Augen:

»Ach, wie schön ist es, Herrn Riatzy, meinem Gatten, Hörner aufzusetzen!«

Der Doktor rief aus:

»Ach, wie schön ist es, Herrn Riatzy Hörner aufzusetzen, indem ich Frau Riatzy, seine Gattin, besteige!«

Der Orgasmus ließ sie unter Gebrüll wie zwei Eidechsen zucken.

»Sehen Sie nur, diese Zuckungen«, sagte Bürgermeister Koltz.

Dann verschwanden sie und ließen Doktor Patak und die Frau keuchend zurück. In der Küche nahmen sie die Betrachtung des Spülbeckens wieder auf.

Kurz darauf erschien der Doktor, sichtlich erschöpft, sah auf die Uhr und sagte, es sei ratsam, sich jetzt unverzüglich zurückzuziehen.

Sie verließen das Haus der ›Ehebrecherin Riatzy‹ durch die Hintertür und machten sich über die Straße davon, während die Nacht hereinbrach. Plötzlich ging der Graf langsamer und blieb stehen.

»Was haben Sie?« erkundigte sich der Bürgermeister.

Der Graf betastete seine rechte Seite.

»Ich habe keine Schmerzen mehr«, sagte er, »ich habe überhaupt keine Schmerzen mehr.«

»Fein«, sagte der Bürgermeister, und er und der Doktor setzten sich wieder in Bewegung.

Der Graf fühlte sich beschwingt und froh. Er murmelte »Paris, Paris«, als spräche er ein Bittgebet, und beschleunigte den Schritt. Er schwor sich, am nächsten Tag in Kolosvar zu sein, oder jedenfalls näher an Kolosvar als an Werst. Im Gasthof lud er seine beiden Begleiter zu einem Abschiedsbier ein.

»Ja«, sagte Bürgermeister Koltz, »die Reize dieses Dorfes sind zahllos, man muß nur die Augen ein wenig aufmachen.«

Der Graf hörte ihn nicht einmal. Paris, und mochte es in noch so weiter Ferne liegen, erschien ihm so gewaltig, daß sein wohltuender Einfluß bestimmt bis zu ihm dringen würde, sobald er die letzten Mistweiden dieses Fleckens hinter sich gelassen hatte. Er hob seinen Bierkrug und rief:

»Zum Wohl!«

In dieser Nacht sah er sich im Traum schon in Paris, in der Oper. Die Logen waren voll von schönen Damen, und das Orchester raste den Schlußakkorden entgegen. Der Tenor machte einen Schritt aufs Publikum zu, streckte einen Arm aus und holte vor der letzten Note tief Luft. In diesem Augenblick flog ihm eine summende Fliege, unverwechselbar Adelheid, in den Mund, und er erstickte.

Der Graf fuhr auf. Es war der Wirt, der an die Tür klopfte, um ihn wie vereinbart bei Tagesanbruch zu wecken.

»Ich komme schon!«

Während es draußen hell wurde, kleidete er sich langsam an. Vorsichtshalber tastete er seine rechte Seite ab und spürte keinerlei Beschwerden. Er trat ans Fenster und blickte auf die Weiden, die wie nasse Schiefertafeln an die letzten Häuser grenzten. Im fahlen Morgenlicht wirkten sie verschwommen und allzu nah, sie schienen unmittelbar vor der Scheibe dahinzutreiben. Halb angezogen, steif vor Kälte, starrte er auf sie hinab. Er fühlte sich überflutet von der massenhaften Gegenwart des Grases, von der alles einebnenden Macht des Grases, von den endlosen Fangarmen des Grases, von der Sintflut des Grases, und er hatte das lebhafte Gefühl, ein Stein zu sein, der einen kalten, unbarmherzigen Abhang hinabrollte. Das Ende des Hangs war erreicht, als ihm ein Schmerz in der Seite den Mund mit Kupfer füllte. Er mußte sich an die Wand lehnen, tastete mit der Hand nach diesem unsichtbaren Bleigewicht, und so wie ein Stein weiß, wann er seinen endgültigen Ruheplatz erreicht hat, wußte er mit einem Schlag, daß er nicht nach Paris gehen würde. Er sah sich von einer unüberwindlichen Ewigkeit von Gras umzingelt. Eine einsame Träne, wer weiß aus welchen Windungen seines Wesens gepreßt, sproß hervor, kalt und hart, und im selben Augenblick öffnete Doktor Patak die Tür, begleitet vom Wirt, der ihr Eindringen mit feierlichen Gebärden entschuldigte:

»Da Euer Hochwohlgeboren auf sich warten ließ, dachte ich, Sie würden sich wieder unwohl fühlen, und da habe ich den Doktor geholt.«

Sie bemerkten, daß er sich die Seite hielt, und als der Doktor nur die verklebten Augenlider sah, schüttelte er den Kopf:

»Eine so weite Reise, mit dieser Leber . . .«

Der Graf sah noch immer aus dem Fenster und griff automatisch zum Arzneifläschchen, das der Doktor ihm hinhielt.

Nachdem der Wirt ein leichtes Frühstück zubereitet und der Graf sich ein wenig erholt hatte, nahmen sie ihn mit, um das rostige Knie des Abflußrohrs des öffentlichen Waschhauses zu besichtigen und am Nachmittag den wurmstichigen Rand des rückwärtigen Buchdeckels der Bibel des Herrn Tusnesdor.

»Sehen Sie nur, die rauhe Struktur des Leders«, sagte Bürgermeister Koltz, »ein Muster, einzig in seiner Art.«

Und der Graf trat zaghaft näher, verlor sich in dem wirren Labyrinth von Linien und zog sie mit dem Finger nach, als würde er auf einer Landkarte der Route einer phantastischen Reise folgen.

Auf der Jagd

Als ich bei Luis klingelte, um ihn zu fragen, ob er mit mir Eidechsen jagen wollte, machte mir seine Mutter auf und sagte schlechtgelaunt, Luis (und wie an ihrem Gesicht abzulesen war, sie auch) halte gerade ein Mittagsschläfchen. Also ging ich zu Osvaldo, aber Osvaldo schlief auch (sagte mir seine Schwester Concha mit schläfrigen Augen). Dann schaute ich bei Roberto vorbei, der zwar zum Glück wach war, aber irgendwas an einem Rohr im Bad reparieren mußte. Ich war schon fast wieder draußen, als Arturo, Robertos jüngerer Bruder, aus einem Zimmer kam und sagte, er würde mitgehen. Ich hatte ihn ganz vergessen, wie immer. Wenn ich an ihn gedacht hätte, wäre ich nicht zu Roberto hochgegangen. Arturo spielt sonst immer mit ein paar Jungs aus einer anderen Straße und hängt sich nur ab und zu an uns dran. Dafür sind wir ihm alle sehr dankbar, er ist nämlich ständig überdreht, brüllt immer, wenn er spricht, kommt dauernd vom Thema ab und erzählt grauenhafte Witze. Außerdem ist er häßlich und lang, die Beine passen überhaupt nicht zu seinem Körper. Ich bin recht klein, und wenn ich ihn sehe, danke ich dem Himmel, daß ich nicht größer gewachsen bin. Zu allem Überfluß spuckt er auch noch beim Sprechen. Man muß ihm von der Seite zuhören, um seiner Dusche auszuweichen. Noch im Treppenhaus zeigte er mir seine funkelnagelneue Steinschleuder, und das fand ich gleich schon blöd. Es war eine von diesen Plastikschleudern, die sie im Schreibwarenladen den Trotteln andrehen, die es nicht schaffen, sich selbst eine zu bauen. Keiner von uns benutzte so eine, was Arturo, der höchstens zum zweiten oder dritten Mal Eidechsen jagen ging (mit seinen Freunden spielte er, glaube ich, nur Baseball oder Basketball), nicht daran hinderte zu behaupten, sie sei absolut treffsicher. Zum Einschießen knallte er ein paarmal in die Luft.

»Kuck dir den Winkel der Gabel an, der ist perfekt berechnet«, sagte er und hielt mir die Schleuder ein paar Zentimeter vor die Augen, was übrigens typisch ist für diese Lulatsche, die glauben, den Kleinen müsse man die Sachen direkt vors Gesicht halten, damit sie etwas sehen. Ich mußte mich beherrschen, um ihm nicht eine zu scheuern, und er redete weiter von den Vorzügen seiner tollen Waffe. Blieb nur die Hoffnung, das zu finden, weshalb ich losgezogen war: die Rieseneidechse, die irgendwo in der Mauer der Ziegelfabrik hauste.

Wir gingen die sechs Straßen bis zur Fabrik, und unterwegs machte ich den Mund kaum auf, weil er seinen nicht zukriegte. Er hüpfte von einem Thema zum nächsten, während ich mich bückte und Steine für die Schleuder sammelte. Ich dachte an die Eidechse und suchte mir dickere aus als sonst. Arturo machte es mir nach, aber er grapschte wahllos nach den Steinen, ohne auf Form oder Größe zu achten, so als würde er Gras ausrupfen, und das fand ich genauso blöd. Ich hatte noch nicht mal zehn oder fünfzehn zusammen, und er hatte sich schon die Taschen vollgestopft. Als ob er Kakerlaken massakrieren wollte, nicht Eidechsen jagen.

Die Ziegelfabrik war keine Ziegelfabrik, sondern eine unendlich lange Betonmauer, und niemand wußte, was auf der anderen Seite war. Sie hatte überall kleine runde Löcher, die die Eidechsen als Höhle benutzten. Wenn man sich diese Löcher aus der Nähe ansehen wollte, entwischten die Eidechsen auf die Rückseite. Man mußte warten, bis sie herauskamen, um sich auf der Mauer zu sonnen, und wenn sie dann über die Wand liefen, schoß man sie ab. Auf gut Glück in die Löcher reinzuballern, ohne überhaupt zu zielen, das war etwas für Idioten, und natürlich machte Arturo von Anfang an nichts anderes. Er ging an die Mauer, hielt die Schleuder genau vor ein Loch und feuerte ab. Dann bückte er sich, um nachzusehen, und riß die Arme hoch:

»Ich hab sie erwischt, ich hab sie erwischt! Kuck dir das an!«

Ich stellte mir vor, wie ich ihm einen Schuß in den Nacken verpaßte und er der Länge nach hinknallte. Aber dann biß ich die Zähne zusammen und dachte weiter an die Eidechse.

»Ich krieg sie nicht raus, hilf mir«, rief er.

Sein Geschrei verscheuchte eine Eidechse, die auf halber Mauerhöhe hockte, weshalb ich nicht auf sie schießen konnte und zusehen mußte, wie sie durch eins der Löcher davonschlüpfte. Ich drehte mich zu Arturo hin und spürte einen Stich in der Brust. Mit einem Stöckchen versuchte er die Eidechse, die er getötet hatte, herauszuholen, gab es auf und warf das Stöckchen fort. Ich ging weiter, aber mittlerweile war ich überhaupt nicht mehr in der Lage, mich auf die Eidechsen zu konzentrieren, ich fühlte, wie der Haß immer größer wurde und alles überdeckte. Es war keine halbe Minute vergangen, da blökte er schon wieder:

»Noch eine, ich hab noch eine getötet! Kuck dir das an!«

Diesmal nahm dieser Idiot ein Stück Draht zu Hilfe und schaffte es, die Eidechse aus dem Loch zu pulen. Er bugsierte den kleinen Kadaver auf eine vom Boden aufgelesene Zigarettenschachtel und kam damit zu mir. Beinah hätte er sie mir wieder direkt vor die Augen gehalten.

»Das sind schon zwei«, sagte er und schwang triumphierend die Schleuder, als wollte er mir beweisen, daß seine besser war als meine. Mir wurden die Arme ganz schwer und heiß, und ich mußte an mich halten. Ich sah die menschenleere Straße hinunter und spürte die drückende Schwüle des Mittags. Es wehte nicht das kleinste Lüftchen, und seit wir dort waren, waren höchstens ein oder zwei Autos vorbeigekommen. Arturo warf die Eidechse in die Büsche, und auf einmal fragte ich mich, was ich da eigentlich tat, mit einer Schleuder in der Hand und auf der Jagd nach Eidechsen an einer Mauer. Ich war schon groß. Es hatte wohl seinen Grund, daß keiner meiner Freunde mitgekommen war, bloß Arturo. Ich kam mir vor, als hätten sie mich beim Klauen erwischt. Oder war es wegen Arturo, der so gar kein Gefühl für die Jagd hatte, daß ich mir wie ein Trottel vorkam? Ich hätte die Schleuder am liebsten weggeworfen und wäre nach Hause gegangen, aber ich brauchte mir bloß seine Fragen auszumalen, vor allem sein Gespucke, und schon verkniff ich es mir. Außerdem hätte er es als Eingeständnis verstanden, daß meine Schleuder nichts taugte. Also blieb ich lieber dort, diese Genugtuung wollte ich ihm nicht geben. Ich sah auf das braune Gestrüpp und dann auf die Mauer. Mir fiel auf, wie häßlich das alles war, ein einziger stinkender Müllhaufen, und ich fragte mich, was sich wohl hinter der Mauer befand. Wenn wir mit der ganzen Bande herkamen, nahmen uns die Eidechsen so in Anspruch, daß keiner sich darüber Gedanken machte. Ich ging an eins der Löcher, um hindurchzusehen. Es hockte keine Eidechse drin, oder sie war gerade geflüchtet, und Arturo brüllte zu mir herüber, was es da zu sehen gäbe.

»Ob die Prostituierten schon da sind«, sagte ich.

»Die was?«

»Die Prostituierten. Die sich für Geld ficken lassen. Die Nutten.«

Dann schaute ich durch andere Löcher, aber sie waren zu klein, um irgend etwas erkennen zu können. Arturo war zu mir herübergekommen:

»Sag bloß, auf der anderen Seite sind Nutten?«

»Jede Menge.«

Ich trat zurück und sah ihn eiskalt an:

»Du hast doch nicht im Ernst geglaubt, ich wäre hergekommen, um Eidechsen zu jagen?«

Er stand mit offenem Mund da:

»Laß mal sehen«, sagte er und beugte sich zu dem Loch hinunter, durch das ich gerade geschaut hatte. Es war so weit unten, daß er sich hinknien mußte.

»Nichts zu sehen«, sagte er.

Dann trat ich ein paar Schritte von der Mauer zurück, als wollte ich abschätzen, wie hoch sie war, und Arturo sah mich erregt an:

»Willst du da hoch?«

Ich sagte ihm, das hätte ich schon mal gemacht, aber jetzt täte mir das Bein weh. Während wir die Mauer absuchten, kamen zwei Eidechsen aus demselben Loch gekrochen und kletterten an der Wand hoch, aber wir rührten uns nicht.

»Und wie kommen die rüber auf die andere Seite?«

»Die Eidechsen?«

»Die Nutten.«

Ich sagte ihm, durch eine Tür auf der anderen Seite des Grundstücks, die immer abgeschlossen war.

»Und was machen die da?«

»Sei nicht so doof, die ziehen sich aus und lassen sich ficken. Frag deinen Bruder.«

Bei dem Wort ›ficken‹ klemmte er sich vor ein anderes Loch, wieder auf Knien.

»Da ist nichts zu sehen.«

»Wenn man sie sehen will, muß man raufklettern, gehen wir lieber«, sagte ich, kehrte der Mauer den Rücken zu und steckte mir die Schleuder in die Hose. Ich lief los, aber er rührte sich nicht vom Fleck. Ich blieb stehen und sah mir sein spitz zulaufendes Gesicht an. Er schätzte ab, wie hoch die Mauer war. Selbst wenn ich so groß gewesen wäre wie er, hätte ich mich nicht getraut, so hoch zu klettern.

»Man kann sich nirgendwo festhalten«, sagte er.

Mit dem Finger zeigte ich ihm von ferne zwei winzige Vorsprünge, einer ganz nah beim anderen, die kaum einer Eidechse aufgefallen wären.

»Bei deiner Größe bist du da doch in zwei Zügen oben«, sagte ich.

Er sah sich die Vorsprünge an, biß sich auf die Lippe

und schaute zu mir. Ich glaube, als er sah, wie klein ich war, regte sich in ihm der Stolz.

»Hilf mir«, sagte er.

Ich kam wieder an die Mauer und ging ein Stück in die Knie. Er setzte einen Fuß auf meinen Oberschenkel, stützte sich mit dem anderen Knie auf meine Schulter, krallte sich völlig unbeholfen an die Mauer und schaffte es so, sich auf mich zu stellen, während ich einen Buckel machte.

»Ich komm nicht ran«, sagte er.

Ich weiß, daß das nicht gegen mich gerichtet war, aber es ärgerte mich. Ich mußte meinen Nacken ganz steif machen, spürte seinen Quadratlatschen auf meinem Schädel, und diesmal bekam er die Mauerkrone zu fassen. Ich stemmte von unten, bis er sich mit den Ellbogen aufstützen konnte, und schließlich schaffte er es wie eine strampelnde Spinne, sich rittlings auf die Mauer zu setzen. Als ich sah, wie er dort oben saß und nur mühsam das Gleichgewicht halten konnte, bekam ich Lust abzuhauen, sollte er doch sehen, wie er allein wieder runterkam. Aber ich wollte wissen, was auf der anderen Seite war.

»Siehst du was?«

»Gar nichts«, sagte er nervös, »da ist überhaupt niemand.«

»Duck dich, damit dich keiner sieht.«

Er duckte sich und preßte seine Brust auf die Mauer.

»Sag schon, was du siehst.«

»Bloß Betonpfeiler.«

»Ist das eine verlassene Baustelle?«

»Ja.«

»Dann kuck mal genau hinter die Pfeiler, da stehen die Nutten immer.«

Ohne sich aufzurichten, robbte Arturo mühsam voran. Als er das Knie hob, rutschte ihm die Plastikschleuder aus der Hosentasche, fiel runter und verschwand in den Büschen. Er merkte es nicht, und ich hielt den Mund.

»Da ist niemand«, sagte er mit zitternder Stimme, »ich will wieder runter.«

»Kuck genau hin, um diese Zeit sind immer jede Menge da.«

»Hilf mir runter«, krächzte er.

»Vielleicht war heute eine Razzia.«

»Ich will wieder runter, hilf mir!«

»Spring lieber.«

»Was heißt hier springen, ich brech mir das Genick!«

»Wir springen immer, frag deinen Bruder.«

»Sei nicht so bescheuert, hilf mir!«

Da sah ich die Rieseneidechse auf der Mauer. Sie war aus dem Gras gekrochen und hockte jetzt genau unter Arturo, braun und regungslos, fett wie eine Kröte, als wäre sie dem Beton entsprungen. Arturo wurde käseweiß und wagte nicht, sich zu bewegen. Ich legte einen Stein in die Schleuder. Die Eidechse blickte ihn an, und auf einmal, als hätte sie einen Stromstoß abbekommen, huschte sie ein paar Zentimeter höher und blieb wieder hocken.

»Mach sie tot, mach sie tot!« Arturo hob seinen Hintern von der Mauer, als wollte er springen, und ich schoß.

Um ein Haar hätte ich getroffen, die Eidechse spritzte davon, und Arturo sprang. Ich sah seine Quanten in der

Luft, aber daß er gesprungen war, merkte ich erst, als er in die braunen Büsche fiel. Er fiel ungeschickt, oder vielleicht gibt jemand, der so groß ist wie er, einfach ein erbärmliches Bild ab, wenn er stürzt. Ich sah noch, wie die Eidechse über die Mauer hinweg auf die andere Seite verschwand, und ging zu Arturo, der sich das Bein hielt und schrie. Ich versuchte ihm aufzuhelfen, aber er wollte nicht. Da sah ich, daß er überall auf dem rechten Arm und der rechten Hand einen grünlichen Flaum hatte. Er war genau in einen Brennesselbusch gefallen. Ich sagte zu ihm, er solle sich beruhigen, und bückte mich, um sein Bein zu untersuchen. Als ich seinen Fuß anfaßte, schrie er auf.

»Das ist der Knöchel«, sagte ich.

Ich schaute zur Mauer hin, um nachzusehen, ob die Eidechse nicht zurückkam, und half ihm schließlich hoch. Da stand er dann auf einem Bein, wimmerte vor Schmerzen an der Hand und am Arm, die von den Brennesseln ganz rot geworden waren, und kratzte sich wie verrückt. Vor lauter Verzweiflung kamen ihm ein paar Tränen. Er mußte sich auf meine Schulter stützen und konnte nur mit einem Fuß auftreten. Dann gingen wir ganz langsam los, mußten aber alle paar Meter stehenbleiben, damit er sich wie wild kratzen konnte. Er weinte jetzt ohne Tränen, vollkommen verzweifelt, und tat mir schon richtig leid. Weiß der Himmel, wie wir die sechs Straßen bis zu seinem Haus geschafft haben. Er war ein einziges Schluchzen, und ich erzählte ihm von der Razzia bei den Nutten. Ich half ihm die Treppe hoch, und als seine Mutter uns sah, schlug sie die Hände vors Gesicht.

»Ich hab mir den Fuß gebrochen«, meldete Arturo knapp.

Zusammen mit seiner Mutter setzte ich ihn auf einen Stuhl und zog noch einen zweiten heran, damit Arturo sein Bein drauflegen konnte. Roberto war einkaufen gegangen. Bei dem Geschrei seiner Mutter, die genauso groß und lang war wie er, bewahrte Arturo die Ruhe und sagte, er sei über ein Loch gestolpert und in einen Brennnesselbusch gefallen.

»Das hast du nun vom Eidechsenjagen!« keifte sie, und Arturo, dem es schon etwas besser ging, sah mich mit verschwörerischer Miene an. Dann befühlte er seine Hosentasche, und als er feststellte, daß er die Steinschleuder verloren hatte, kriegte er wieder das heulende Elend, was mich freute.

»Das freut mich«, sagte seine Mutter, »dann gehst du auch nicht wieder dahin!«

Arturo gab ihr eine pampige Antwort, sie brüllten sich gegenseitig an (wenn große Leute brüllen, hat das immer etwas Komisches, als wollten sie vom Boden abheben), und ich schlich mich in Richtung Tür. Ich murmelte ein zaghaftes »Ich geh dann also« und nickte zum Abschied noch mehrere Male mit dem Kopf, aber sie sahen mich nicht. Ich schwor mir, nie wieder einen Fuß in diese Wohnung zu setzen.

Ich nehme an, daß Arturo noch am selben Nachmittag mit Roberto gesprochen und von ihm erfahren hat, daß ich ihn mit der Geschichte von den Prostituierten auf den Arm genommen hatte. Bestimmt haßte er mich dafür. Die wenigen Male jedenfalls, die wir uns danach noch sahen, schaffte er es, kein Wort mit mir zu reden, wofür ich ihm sehr dankbar war. Ich hatte die anderen und mich selbst von seiner unseligen Gegenwart befreit, denn nachdem sie ihm den Gips abgenommen hatten, ging er nie wieder mit uns Eidechsen jagen, und ich wußte nun, was auf der anderen Seite der Mauer war.

Der Fliehende

Immer wenn sie den Fliehenden einfingen, waren es gerade die Frauen, die sich sehnlichst wünschten, ihn wieder auf freiem Fuß zu sehen, obwohl er eigentlich kein schöner Mann war. Doch im Nu war er erneut auf der Flucht, und dann sah man ihn wieder hoch oben auf den gefährlichen Dachgesimsen im Zentrum, auf den Dächern der Vorstädte oder hinten an einem Straßenbahnwagen. Die Leute zeigten mit der gleichen Aufregung auf ihn, mit der man anderswo auf bedeutende Politiker oder berühmte Filmstars deutet, und es war tatsächlich ein eindrucksvolles Schauspiel, wenn er um Ecken fegte, Autos auswich und sich auf die breiten Bürgersteige rettete.

Seine Frau hatte stets alle Hände voll zu tun, seine Kleider zu flicken, an denen die Polizisten gezerrt hatten.

»Eines Tages wirst du von der Hetzerei noch einen Herzanfall bekommen. Du solltest dir eine anständige Arbeit suchen, wie jedermann.«

Aber bis dahin mußten sie von den Jäckchen und anderer Babykleidung leben, die sie für ihre private Kundschaft und für Boutiquen strickte.

Zu Hause bewegte sich der Fliehende kaum, er blickte lieber auf die Dächer der Nachbarhäuser und ging im Geist immer wieder die Sprünge durch und auch die Schmeicheleien, die nötig waren, um von einem Dach zum anderen zu gelangen. Am liebsten setzte er sich in

den einzigen Sessel im Haus, während seine Kinder um
ihn herumtollten, dachte an nichts und ›sah‹ seine Flucht
am nächsten Tag vor sich. Er stellte sich ihren Rhythmus,
ihre Geschwindigkeit und ihre Wendungen vor und
spürte das ihr eigene Temperament wie etwas Lebendiges
in seinem Körper.

»Morgen bin ich Richtung Nordwesten unterwegs«,
teilte er seiner Frau mit und nannte ihr die Namen der
entsprechenden Straßen auf seiner Route, denn sie nutzte
die Gelegenheit gern dazu, ihm einige Jäckchen zum Ab-
liefern mitzugeben.

Obwohl ihm diese Abstecher mißfielen, da sie die Makellosigkeit seiner Fluchten verdarben, gelang es ihm
eine Zeitlang, die Pakete in voller Flucht loszuwerden,
indem er sie auf die Balkone und in die offenen Fenster
seiner Kundinnen warf, welche erschraken und ihn
verwünschten. Nach mehreren Fehlwürfen sah er sich
jedoch gezwungen, an den Türen zu klingeln, die Bestellung abzugeben und sich wieder zu verabschieden. Wert-
volle Minuten gingen dabei verloren. Während die Kundinnen das Geld holten, machten sie sich schnell noch
vor dem Spiegel zurecht, denn etwas in der beharrlichen
Hast dieses Menschen schlug eine Saite tief in ihrem
Innern an.

»Sie können einen aber erschrecken mit Ihren Wür-
fen! Neulich habe ich fast einen Herzanfall bekommen.
Warum setzen Sie sich nicht einen Moment und trinken
eine Tasse Kaffee?«

»Ich bin auf der Flucht.«

»Nur für einen Augenblick.«

Sie setzten ihm so zu, daß er es vorzog, Platz zu nehmen (auf einer Sofa- oder Stuhlkante) und sich mit ihnen in größter Eile über irgend etwas zu unterhalten, nur um sobald wie möglich seine Flucht wiederaufnehmen zu können. Doch die Kundinnen hörten nicht einmal zu, achteten nur auf seine knappen Gesten, sein fast erloschenes Gesicht, halb Schiffbrüchiger, halb Busfahrer, und unversehens packten sie ihn am Arm oder an der Schulter, um ihn zu küssen. Er befreite sich mühelos (er war schon in größerer Bedrängnis gewesen) und war mit drei, vier Sätzen auf der Straße oder auf dem Dach. Allerdings lernte er bald, gerade Nachstellungen dieser Art zu nutzen, um seine Besuche abzukürzen, und beim ersten Seufzer oder schmachtenden Blick stieß er die Kundinnen ins Schlafzimmer und zog sie aus.

»Sie vergeuden auch keine Minute!« stöhnten sie, und als sie sahen, daß er fast völlig angezogen blieb und die Schuhe anbehielt, während sie längst nackt waren, wanden sie sich wie verrückt.

Wäre er ihnen in einem Laden, einem Bus oder einem Wartesaal begegnet, sie hätten ihn nicht einmal erkannt. Er hatte ein solches Allerweltsgesicht, daß er niemandem auffiel, wenn er ruhig dastand oder saß. Er sah dann aus wie eine graue Maus, und die Blicke glitten über ihn hinweg wie über einen Sack Kartoffeln. Einmal war es ihm auf der Wache, unter all den Polizisten, gelungen, unbemerkt zu bleiben. Aber er mußte sich nur bewegen oder ein paar Meter gehen (gar nicht zu reden von einem Sprung), und alle Augen richteten sich auf ihn, und jeder rief: »Der Fliehende, da ist er!«

»Schau nicht hin«, befahlen die Mütter ihren Töchtern, aber die sahen doch hin, ließen ihn nicht aus den

Augen, bis er um die Ecke gebogen oder in einem offenen
Fenster verschwunden war, und in dieser Nacht konnten
sie nicht einschlafen, da sie nur noch an die Bewegungen
dachten, mit denen er Menschen, Bäumen und Autos
ausgewichen war.

Seine Fluchten paßten sich so sehr seiner Umgebung
an, schienen ihr sogar Leben einzuhauchen, sie zu
erleuchten und dem Anonymsten und am wenigsten
Greifbaren Gestalt zu verleihen, daß die Dinge sich, wo
er auch floh, einer früheren Plumpheit zu entledigen
schienen, die sie vor den Blicken verborgen hatte, als wären sie nicht vorhanden gewesen. Ein Fenster wurde um
vieles mehr zum Fenster, schien als Fenster wiedergebo-
ren zu werden, die höhere Weihe des Fensterseins zu erhalten, wenn er hindurchfloh. Jede seiner Fluchten, die
das Hinfällige und Plumpe von allem, was er berührte,
hervortreten ließ, bestätigte zugleich dessen körperliche
Präsenz, und seinem erstaunlichen Talent, nicht innezuhalten, war es zu verdanken, daß die Stadt weitläufiger
und ausgeglichener schien. So verloren die Leute trotz
der Fassaden, des Putzes und der Verkleidungen, die
doch den Dingen Halt und den Anstrich der Vollendung
geben sollen, nicht das Dahinterliegende, die schlichte
innere Substanz aus den Augen und versteiften sich beim
Sprechen auf keinerlei Standpunkt. Sie ließen vielmehr
Raum für den Zweifel und für all das, was man nicht in
Worte fassen konnte.

Gewissermaßen war der Fliehende für die Menschen
das, was ihnen in früheren Zeiten das Feuer gewesen war.
Er bezwang Höhen, die unbezwingbar erschienen, und
drang durch jede Ritze ein, alles diente ihm als Stufe und

Trittbrett, er sprang über die Autodächer wie von einem Balkon zum anderen, er machte alles einander gleich, verwandelte alles in ein Vehikel oder eine Brücke zu etwas anderem. Seine Art zu fliehen erinnerte an Flammen, und als er eines Tages an einem Brand vorbeifloh, befahl der Feuerwehrhauptmann, einen Wasserstrahl auf ihn zu richten: »Löscht das da aus!« rief er. Aber der Fliehende hüpfte auf den nächsten Balkon und entkam unter dem Beifall der Menge.

Daraufhin glaubten einige, er sei wasserscheu und würde im nassen Zustand seine Kräfte einbüßen, selbst ein Kind könne ihn dann einfangen. Dummes Geschwätz, denn in der Regenzeit floh er nicht weniger fleißig, allenfalls nahm sein Ungestüm etwas ab, er sah lustloser aus, da man ihm in dieser Jahreszeit wegen des grauen Wetters am wenigsten Beachtung schenkte und er an einer Ecke anhalten konnte, ohne daß jemand auf ihn aufmerksam wurde (vielleicht weil sich bei Regen fast jeder nur auf seine Schuhspitzen konzentriert).

Mit der Zeit wurden seine Fluchten geradliniger, boten weniger Wendungen, als würden ihm die Alternativen und neuen Abzweigungen ausgehen. Es lag auf der Hand, daß er sich nicht wiederholen wollte oder konnte und lieber ganz aufhörte, als auf einen früheren Fluchtweg zurückzugreifen. Er erlosch allmählich wie ein Feuer. Die Leute erinnerten sich an seine spektakulären Fluchten, und wenn man ihn ergriff, hofften sie jedesmal, sie würden sich wiederholen, aber manchmal waren sie schon so unmerklich, daß nur ihm selbst bewußt war, daß er floh. Trotzdem gab es immer jemanden, der ihn an der Schulter oder am Gürtel packte, wenn er in Reichweite war, weniger aus dem Bedürfnis, ihn der Polizei zu übergeben, als vielmehr, um nachher erzählen zu können, der Fliehende habe sich mit der ihm eigenen, wunderbaren Geschicklichkeit von ihm losgerissen.

Einige dachten, sein alter Schwung würde zurückkehren, wenn man ihn nur an einen anderen Ort versetzte, aber die Städte, bei denen angefragt wurde, verstanden entweder nicht, worum es ging, und winkten ab, oder sie stellten unannehmbare Bedingungen: er solle kein Haus betreten und seine Flucht auf öffentliche Plätze beschränken, als wäre sie reine Zierde, oder er solle neben seinen Fluchten noch Turnstunden in einem Waisenhaus geben oder sich bei der freiwilligen Feuerwehr melden, um im Notfall Hand anzulegen.

Währenddessen rannte er weiter, aber es war offensichtlich, daß er vor sich selbst, vor seiner Vergangenheit floh, daß er sich an die letzten, unberührten Zweige klammern mußte, verurteilt zu einer kleinlichen, spitzfindigen, stumpfsinnigen Arbeit. Manchmal mußte er dabei fremde Zimmer durchqueren, geschlossene Türen aufbrechen, die Privatsphäre anderer verletzen, wenn sie gerade aßen, badeten oder sich liebten. Er haßte das, denn er hatte noch nie gerne Aufhebens von sich gemacht, aber die Leute, die ihn kannten, sahen seinen Kummer und wußten, daß er langsam erlosch.

An einem Regentag sank er schließlich an einer Ecke zu Boden, nachdem er zwei Polizisten gefoppt hatte, und er fiel nicht wie jemand, der stolpert oder ausrutscht (nie stolperte er, noch rutschte er aus), sondern wie jemand, der einfach keinen Grund mehr hat, weiterzugehen.

Die Menschen kamen herbeigelaufen, um ihn sich anzusehen, doch wie er da so ruhig vor ihnen lag (nachher hieß es, er hätte den Herzanfall schon ein paar hundert Meter vorher bekommen, aber so viel Schwung gehabt, daß er erst an der Ecke tot zu Boden gesunken sei), schämten sich alle, ihn anzuschauen. Sie hatten sich so daran gewöhnt, ihn fliehen zu sehen, ihn nur im Vorbeigehen, auf der Flucht zu bemerken, daß sie jetzt, da sie ihn aus der Nähe und in aller Ruhe ansahen und in sein nichtssagendes Gesicht blickten, daran zweifelten, daß er es war.

Die Ausdruckslosigkeit seines Gesichts hatte jedoch nichts Trübseliges an sich, sie verriet vielmehr Erleichterung, so als hätte er in all den Jahren, in denen er von Viertel zu Viertel gestürmt war und eine Straße nach der anderen abgelaufen, jede Ecke, jede Mauer und jedes Fenster gestreift hatte, nichts anderes getan, als stellvertretend die Bewegungen, Phantasien und Triebe aller auszuleben; als hätte ihn sein Fliehen von jedem eigenen Charakterzug, jeder Schwere des Körpers befreit und schließlich in ein reines Symbol, eine Synthese der anderen verwandelt. Sein Gesicht schien die Summe aller Gesichter zu sein und war so grenzenlos grau, daß die Blicke der Umstehenden, die auf den Krankenwagen warteten, von seinem Gesicht auf das nasse Pflaster des Bürgersteigs glitten, dessen perfekte Verlängerung es war, und es verschwand immer mehr darin, als könnte er nicht einmal im Tod von seinem meisterhaften Fliehen lassen.

Mein Vater

Ich wußte selbst nie genau, welcher Beschäftigung mein Vater eigentlich nachging. Es war bestimmt nichts, was ihn sonderlich begeisterte, denn nicht ein einziges Mal hörte ich ihn von seiner Arbeit sprechen, und wenn er nachmittags nach Hause kam, machte er ein Gesicht, als hätte er irgend etwas Unangenehmes hinter sich gebracht, wie ein Kind, das gerade eine Spritze bekommen hat.

Statt es sich im Sessel bequem zu machen und auszuruhen, verfiel er für eine Weile in fieberhafte Geschäftigkeit, als wollte er die Zeit, die er im Büro verschwendet hatte, ausgleichen. Aber er fand nicht viel, was er tun konnte, und da er ein unsteter Mensch war, kostete es ihn Überwindung, sich einer bestimmten Aufgabe zu widmen. Am liebsten streifte er zu Fuß umher, doch auch darauf ließ er sich nicht richtig ein, er schritt gewaltig aus, als verlangte eine dringende Angelegenheit nach ihm, gar nicht mit der Muße eines Spaziergängers.

Irgendwann kam ihm der Gedanke, ich könnte der Orientierungspunkt sein, der ihm im Leben fehlte, und so beschloß er, mich auf seine Spaziergänge mitzunehmen und zu erziehen. Schließlich war ich kein kleines Kind mehr, ich konnte aufmerksam zuhören, seine Ratschläge beherzigen und tun, was er sagte, obwohl er sich bestimmt am allerwenigsten dafür eignete, Ratschläge zu erteilen und zu sagen, was zu tun war. Nie hat er mit mir geschimpft oder mir Predigten gehalten. Er nahm mich bei der Hand und ließ keine Gelegenheit aus, mich auf den Hintergrund und die verborgenen Seiten all dessen aufmerksam zu machen, was wir unterwegs fanden. Darauf beschränkte sich von Anfang an meine ›Erziehung‹.

Ich glaube, dieser Eifer, mich mit den unsichtbaren Dingen in Berührung zu bringen, entsprang der Langeweile, die ihm die Verwaltungsarbeit bereitete, und dem Bedürfnis, das er inmitten all der Oberflächlichkeit verspürte, nämlich die Gerüste zu sehen und zu berühren, die alles im Innersten zusammenhalten, die unersetzlichen und grundlegenden Wahrheiten.

»Sieh mal«, sagte er hingerissen vor irgendeiner rostigen Rohrleitung, die seitlich an einem Haus oder Gebäude hochlief, »sieh mal dieses *Rohrbündel*, wie es hinaufsteigt.«

Mehr sagte er nicht, seine praktische Begabung war gleich Null, er hätte niemals eine Gas- von einer Wasserleitung unterscheiden können, und so lernte ich sehr bald, ihn nicht mit unangenehmen Fragen zu belästigen. Das Wichtige war, zu *sehen*, teilzunehmen, die Dinge in all ihrer bestechenden Klarheit mit einer Art Glauben oder Dankbarkeit anzunehmen.

In diesem Geist richtete er sein Augenmerk auch auf die Gullis, und während wir die Straße entlanggingen, machte er mich auf sie aufmerksam. Ich sollte nicht vergessen, daß unter der Stadt das Leben weitergeht und sich ausbreitet und eine andere Stadt bildet, die noch emsiger ist als die, die wir sehen, aber genauso wahr. Und während ich ihn reden hörte, stellte ich mir ein ungeheures Brodeln vor, ein wildes Labyrinth von Gängen, Verbindungswegen und beleuchteten Rampen mit Menschen, die sich in hundert verschiedenen Richtungen kreuzten. So daß mir an dem Tag, als wir an einem offenen Gulli vorbeikamen und hineinschauten, der Anblick dieses schmutzigen Lochs die Sprache verschlug, was ihm wohl nicht entgangen war.

»Das ist ja nur der Eingang«, sagte er und sah so betrübt drein wie ich. Es war eine schmachvolle Öffnung, und mir wurde klar, daß es neben einer ranken und schlanken, siegreichen Welt, die mit der Materie per Sie verkehrt, einen gewaltigen, undurchdringlichen Grund gibt, eine unbearbeitete und unerlöste Masse, die die Menschen zudecken, um sie nicht zu sehen.

Wir spezialisierten uns auf dieses Elend. Wir zogen los wie Botaniker auf der Suche nach einer seltenen Pflanze, und ich mußte mich ranhalten, um bei den Riesenschritten meines Vaters mitzukommen. Manchmal reichte uns etwas so Einfaches wie ein verlassenes, umzäuntes Grundstück. Der Zaun, der das Gras und das Gebüsch schützte, hob das Verruchte dieses Ortes, wo selbst die Steine um ihr Überleben zu ringen schienen, erst richtig hervor. Und als könnten von einem Moment auf den anderen wer weiß welche innersten Umschmelzungen vor sich gehen, blieben wir gebannt am Zaun stehen. Solche Brachflächen gab es überall, man mußte nur die Augen offenhalten. Da war zum Beispiel, wie ein schlechtes Gewissen oder ein böser Groll, der schmale Erdstreifen, der den Bürgersteig von der Straße trennt. Für meinen Vater war es eine heilige Stätte, und von dort ließ er seinen Blick wandern, um am Ende festzustellen, daß alles dasselbe war: Erde und Staub in verschiedener Dichte.

Genauso stand er auch vor einem Rohbau, und statt die Kühnheit des Betons zu bewundern, sah er die zukünftigen Risse, den Abriß, als wäre Bauen bloß ein Intermezzo oder ein Mißverständnis. Ein Rohr oder ein Stück Stange konnte er genauso mitleidig streicheln, wie der heilige Franziskus seine Vögel und Aussätzigen streichelte. Wo andere nur Trägheit sahen, also nichts, sah er fromme Hingabe und reges Bemühen. Vielleicht interessierten ihn deshalb die Hintergründe, denn dort enthüllte sich ihm, daß nichts wirklich ganz verlassen ist und daß sich selbst im Verborgensten stets ein winziges Gerüst findet, das der trägen Masse wieder Kraft verleiht.

Vor allem zogen ihn die nebensächlichen, der Verstärkung dienenden Dinge an, deren Nutzen niemals eindeutig zu beweisen ist. Er war zwar alles andere als ein Fachmann, aber er erkannte sie doch auf der Stelle und widmete ihnen seine ganze Aufmerksamkeit. Sie waren wie der Hintergrund des Hintergrunds, die unterste und unsicherste Schicht, und manchmal vollführte er gefährliche akrobatische Kunststücke, um etwa an eine Gußnaht heranzukommen. Nichts ist wichtiger als anderes, sagte er, wenn er sich den Staub aus den Haaren schüttelte, die Hose ausklopfte und die Hände abwischte.

Mochte er sich noch so sehr über seine tägliche Büroarbeit beklagen, ich glaube nicht, daß er glücklicher gewesen wäre, wenn er eine andere Beschäftigung angenommen hätte. Das Inhaltsleere dieser Tätigkeit war für ihn unerläßlich, damit er angesichts des bunten Zusammenspiels aller Grundlagen staunen konnte, und selbst als Schlosser oder Maurer hätte ihn früher oder später, da bin ich mir sicher, dieses dehnbare Ungleichmaß gelang-

weilt, das ihm als Büroangestelltem nicht vergönnt war.
Er brauchte es so, wie es war, wie etwas Zufälliges und
Unbegreifliches, und darum brauchte er mich, denn
durch mich konnte er genau den richtigen Abstand zu
allem einnehmen und es als einen Fund betrachten, so als
gäbe die Berührung meiner Hand ihm größeren Scharf-
blick. Tatsächlich sah er, wie jeder, der einen anderen er-
zieht, alles mit meinen Augen, so daß in gewisser Weise
ich es war, der ihn belehrte, der ihn erzog.

Deshalb unternahm er, als ich eine Bronchitis bekam
und zwei Wochen das Bett hüten mußte, zwar weiterhin
seine Ausflüge, aber er blieb selten auch nur eine Stunde
fort und kehrte mit sauberen Sachen zurück, ohne jedes
Anzeichen irgendwelcher Verrenkungen, die er sonst immer machte, um an ein geheimes Mark heranzukommen.
Ich fragte mich dann, ob er vielleicht mit den Händen in
der Tasche zwischen den Stützbalken eines Rohbaus her-
umspaziert oder, angeödet von all den Bodenblicken und
der Arbeit, einfach durch die Gegend gelaufen war und
sehnlichst einen wirklich unberührten Ort gesucht hatte,
um endlich Ordnung in sein Leben zu bringen.

Er erzählte mir nichts von seinen Erkundungen, und
ich spürte, daß ich ihn durch mein Krankwerden verra-
ten hatte. Ich wollte bald wieder auf die Beine kommen,
obwohl ich die Schule haßte, aber genau an dem Tag, als
ich das Bett verließ, wurde er befördert und bekam einen
verantwortlichen Posten. Er teilte meiner Mutter die
Neuigkeit ohne jede Freude mit, als hätte er nur eine
Pflicht erfüllt, und meine Mutter hob die Arme zum
Himmel und rief:

»Endlich können wir aus dieser Wohnung ausziehen.«

Ich verstand, daß sie gerade eine Schlacht, die sie sich seit langem schon mit meinem Vater lieferte, gewonnen hatte, und zum ersten Mal machte er es sich im einzigen Sessel der Wohnung bequem, blickte bekümmert auf einen Punkt an der Wand, und ich traute mich nicht, ihn zu fragen, ob wir rausgehen könnten. Als ich noch einmal zu ihm hinsah, war er eingeschlafen.

»Laß deinen Vater, er braucht Ruhe«, murmelte meine Mutter.

»Gehen wir denn nicht raus?«

»Damit du dir zwischen den Rohren und Pfützen wieder eine Bronchitis holst?«

Und etwas versöhnlicher, aber ohne mich anzusehen, fügte sie hinzu:

»Papa wird jetzt immer spät nach Hause kommen, dann ist es schon fast dunkel. Ihr könnt samstags losziehen. Und bald bekommen wir ein Auto, freust du dich nicht? Wir werden mit Papa im Auto fahren.«

Worauf sie sich umdrehte und mich fest umarmte.

»Jetzt geh und mach deine Hausaufgaben«, sagte sie, »hast du deine Hausaufgaben schon gemacht?«

Es war das erste Mal, daß sie mich danach fragte.

»Ja, hab ich«, log ich.

»Schön, dann geh spielen, aber mach keinen Krach.«

Ich ging auf mein Zimmer und spielte mit meinem kleinen Bruder, der ein Jahr alt war. Alle Augenblicke ging ich zu meinem Vater und sah nach, ob er noch schlief. In der ganzen Wohnung herrschte bedrückende Stille. Ich stellte mich ans Fenster und schaute hinaus und spielte, die Scheibe mit meinem Atem zu beschlagen. Als mein Brüderchen in der Wiege eingeschlafen war, fing ich an, mit den Händen in der Tasche im Zimmer auf und ab zu gehen, und in dieser Geste erkannte ich meinen Vater wieder. Der Schulranzen stand in der Ecke und sah mich an. Ich ging wieder ans Fenster, dann schaute ich eine Weile meinem Brüderchen beim Schlafen zu. Es war noch zu früh, um den Fernseher anzumachen. Draußen wurde es allmählich dunkel. Ich nahm die Hände aus der Hosentasche, griff nach dem Schulranzen, holte die Hefte raus, und zum ersten Mal, seit ich in der dritten Klasse war, setzte ich mich hin und machte meine Hausaufgaben.

Beruf Erdbeben

Das Erdbeben kam nicht mit seinem klirrenden Gefolge von Glas, noch mit seinem Ranzen voller Gründe. Unmerklich stahl es sich von Haus zu Haus, vorsichtig, auf Samtpfoten, und klopfte Ecken und Türen ab. Wer in den obersten Etagen schlief, hörte die sporadischen Schläge, mit denen es die Statik des Bauwerks prüfte, ein schwaches bumm, bumm, bumm, das die meisten für das Pochen in ihrer eigenen Brust hielten. Es glich dem ersten Geräusch der Welt, noch frei von jeder Unreinheit.

Das Beben machte sich emsig im ganzen Gebäude zu schaffen, durchlief das Mauerwerk, nahm sich Dächer und Pfeiler vor, entwarf Pläne, steckte Routen ab.

Doch nicht genug damit, es drang auch durch die Nase bis zum Herzen der Hausbewohner vor, studierte Stoffwechsel und Widerstandskraft eines jeden Organismus und ortete die Schwachpunkte, die nachgiebigsten Stellen, immer auf der Suche nach der arglosen Glätte, die es aufbrechen, der Weichheit, die es durchdringen konnte.

Dann widmete es sich eine lange Zeit, meist an die zehn bis fünfzehn Jahre und nunmehr aus dem Untergrund heraus, der Ausarbeitung seiner Route. Eine einzige Fron aus Millimeterarbeit und endlosen Proben, damit in der entscheidenden Stunde nichts den Weg versperrte. Und dann das Schwierigste, der Punkt, an dem viele Beben nach einem Leben geduldigen Sondierens schließlich aufgaben: wenn es galt, die Untergrunddaten mit denen der Oberfläche in Einklang zu bringen und zu einer vollständigen, wirklichen Wahrheit zusammenzusetzen. Es nützt schließlich nichts, die Erde beben zu lassen (das schafft das lausigste Erdbeben, wenn es nur den Rücken lüpft), solange dort oben nicht eine bestimmte Anzahl von Herzen erlöschen, solange andere nicht entflammen, bis sie bersten, solange weder Verwandlungen noch Verrenkungen oder Lähmungen die Folge sind.

Es war also notwendig, zu den Anfangsdaten zurückzukehren, sie Schritt für Schritt mit dem Pfad- und Tatbestand des Untergrunds zu vergleichen, Routen zu berichtigen und die Intensität der Vorstöße zu berechnen, wobei bisweilen auf eine reiche Beute verzichtet werden mußte (zum Beispiel eine vollbesetzte Kirche an einem Sonntagmittag). Es mußten Ziele ausgewählt, die jeweilige Dauer festgelegt, Abkürzungen kalkuliert, Prioritäten gesetzt und eingehalten werden. In erster Linie also eine umfassende, gewissenhafte, chirurgisch präzise Arbeit, die einer gewissen Eleganz nicht entbehrte. Und vor allem mußte es sein Feuer mit einem Mal abbrennen, mit einem einzigen Pinselstrich ein großes Werk hervorzaubern, nicht einen bloßen Zwischenfall. Denn nur wenige Erdbeben bekamen eine zweite Chance, und wenn doch, dann waren die beim ersten Anlauf vergeudeten Kräfte auf immer dahin.

Bumm, bumm, bumm erklang es mal auf dem Dach, mal im eigenen Herzen. Sicher überprüfte das Beben gerade die Festigkeit der Mauern, suchte sich die geeignetsten Risse und drang, fein wie eine Nadel, in die Körper der Mieter ein, um durch ihre Blutbahnen zu reisen und auch dort den Boden für künftige Erosionen zu bereiten. Ein einziger Ruhetag, und weite Wissensgebiete waren verwüstet, es mußte neue Routen ersinnen und sich für immer den Stärkegrad aus dem Kopf schlagen, mit dem es so lange in seinen Laborbüchern geliebäugelt hatte.

Um nicht wegen Klumpen oder allzu dichter Materiekonzentration Terrain zu verlieren, harrte ein Beben manchmal unbeweglich im Erdreich aus und wartete auf günstige Verschiebungen im Untergrund. Das durfte man sich nicht entgehen lassen. Die Feinfühligsten unter den Mietern spürten seine Anwesenheit unter dem Haus und sagten:

»Ein Erdbeben hat bei uns Station gemacht. Es wartet darauf, daß sich eine Erdspalte öffnet.«

Und mit Spitzhacken rissen sie das Straßenpflaster auf, um sich das Beben anzuschauen. Für gewöhnlich erschien in zehn oder fünfzehn Metern Tiefe sein dunkler Rücken, irgendwie geschuppt und glitschig, von unberechenbaren Ausmaßen und vollkommen erstarrt. Man beobachtete es ängstlich, in Erwartung, daß sich eine Schuppe regte.

Solange es unter dem Gebäude hauste, ergriffen die Mieter hygienische Vorsichtsmaßnahmen, wie das Wasser vor dem Trinken abzukochen, sich zweimal am Tag zu waschen und auf Intimverkehr zu verzichten. Eines Morgens wachten sie dann mit merkwürdig leichten Gliedern auf, beugten sich über die Grube und stellten fest, daß sich das Erdbeben aus dem Staub gemacht hatte.

Es gab auch verirrte, wahnsinnige Erdbeben, die sich ohne Ziel und Erinnerung treiben ließen, Splitter größerer Beben, einzelne Ausläufer irgendeines urzeitlichen, unterirdischen Feuersturms. Und natürlich gab es auch die vollkommenen Beben, unerbittlich präzis, mit ihrer perfekten Auswertung der Materialien und exakten Abstufung der Erdstöße. Wahre Perlen des seismischen Handwerks.

Und ebenso gab es, wenn auch äußerst selten, die heiligen Beben (eins in jedem Jahrtausend ungefähr), die keinerlei Vorkehrungen trafen, nicht das Gelände sondierten, keine Marschrouten entwarfen, keine Aufzeichnungen machten. Ein Moment höchster Eingebung entriß sie dem Magma, in dem sie geschlafen hatten, und schenkte ihnen den fertigen Weg, einfach und ruhmreich, den alle suchten. Nur ein Beben dieser Art wird die Erde einmal zerstören können (und zerstören wird es sie), und nur einem solchen Beben wird es gegeben sein, eines Tages mit einem Schlag alle Pfade des Untergrunds, alle Stollen und Spalten und selbst die kleinsten Äderchen zu sehen, alles Erfaßbare zu erfassen und alle Geheimnisse zu verschlingen, die uns noch bedrücken.

Werkzeugkasten

Von null an

John Cage

Die Feile und das Sandpapier

Die Feile gehört zur Familie der köpfenden, guillotinesken Instrumente, zu den Werkzeugen, die amputieren, beseitigen, aus dem Weg räumen. Doch im Unterschied zum Eispickel, zum Meißel oder zur Machete, die ihre Kraft auf einen einzigen Punkt konzentrieren, verteilt die Feile ihre Wirkung auf eine scheinbar bescheidene, ausgeglichene Rasterfläche, der letzten Endes nichts widerstehen kann. Das Verfahren der Feile ist Überredung, sie verringert die Wucht ihres Angriffs, indem sie sie verteilt: statt eines einzelnen, kräftigen Stichs viele schwache, einer nach dem anderen, wie ein Ameisenheer in Formation attackierend, eher gleichförmig als mit Leidenschaft, doch dafür unfehlbar.

Hier haben wir die Wellen des Meeres. Dumpf dröhnend schlagen sie an den Strand. Alles, was sich erhebt, was herausragt und entfernt werden soll, sieht sich einem Seeangriff durch die Feile ausgesetzt, niemals hat es Zeit, sich von einem Schlag zu erholen, die nachfolgenden Wellen fallen darüber her, reißen es in die Tiefe. Genau das tut die Feile: sie reißt fort, was übersteht, was zuviel ist, sie ertränkt es dank der Beharrlichkeit ihrer Heerscharen.

Dieses Gefühl von Masse ist so eindringlich, daß es auf den ersten Blick scheint, als würde die Feile kochen. Was nicht verwundert, denn sie ist ein Werkzeug voller Feuer. Sie flucht. Und sie schwört, immerfort. Das kommt von dem Netzmuster auf ihrem Rücken. Die Feile ist eine Aneinanderreihung von Knoten. Schwüre sind genau das: Knoten, Verschlingungen. Man weiß ja, wie sie der Welt die Schlinge umlegen. »Ich schwöre, daß ich niemanden lieben werde als dich allein«, sagen die Verliebten einander, und die ganze Welt schrumpft auf die Größe eines winzigen Zimmers zusammen. Die Feile genauso: sie ist reine Beengtheit, Ballung, Ersticken. Ihre Rillen drücken sich aneinander wie ein Labyrinth. Alles, was zu eng wird, wird rauh, wird Feile.

Fluchen tut die Feile aus einem anderen Grund, nämlich weil sie blind ist. Sie hat tausend Augen, das macht sie blind; sie hat tausend Münder und ist stumm. Da flucht sie bis zur Erschöpfung. Man muß sie nur in Aktion sehen, wie sie in Fahrt gerät und sich erhitzt und in einem fort flucht. Und die ganze Zeit spuckt sie Splitter, Späne oder Staub, so wie manche Männer, die beim Fluchen auf den Boden spucken, um sich das Wasser aus dem Leib zu schlagen, um trocken zu sein, entflammbar. Ein Mann mit Wasser im Körper ist nun mal wenig vertrauenswürdig. Wasser bedeckt, trübt, verweichlicht. Wenn ein Mann will, daß sein Fluchen ernst genommen wird, muß er erst spucken, muß hart und glatt werden, damit auch seine Worte diese geschliffene Härte erlangen. Genauso die Feile. Sie hat alles schon ausgespien, hat eine trockene Kehle, ist einzig Narbe und Feuer. Man kann sie nicht anfassen, wenn man sie benutzt hat, die Rillen glühen, daß sie fast sirren. Sie haben wie besessen geflucht.

Die Feile greift ein, wenn die anderen köpfenden Instrumente nicht genügend Halt finden. Sie kommt aus dem Hinterhalt, das ist ihre Spezialität. Sie tritt auf den Plan, wenn der Auswuchs, den man zu entfernen wünscht, zu unerheblich für einen Frontalangriff ist. Und sie kommt zum Einsatz, wenn die anderen amputierenden Werkzeuge mangels Rückhalt abzugleiten drohen, auf die schiefe Bahn geraten, leichtfertig werden. Die Feile gleitet niemals ab, sie ist die Ernsthaftigkeit par excellence, ist unfähig zur Abschweifung, ist der Gegenpol des Öls und der Feuchtigkeit. Einer feilenlosen Kultur droht Esoterik und Erotik, droht Entgleisung, in ihr ist alles kurz davor, zu purzeln und zu hüpfen, aufzufliegen, zu explodieren, Entfernungen und Proportionen zu sprengen. Die Feile dagegen leistet sich nicht den kleinsten Ausrutscher, nicht die geringste Ablenkung. Man braucht nur zu sehen, wie sie funktioniert. Zwei Gegenkräfte wirken in ihr: eine, die auf die zu feilende Fläche Druck ausübt, die die Feile fest an diese Fläche preßt und sie scheinbar zum Stillhalten zwingen will, und die andere, in Längsrichtung, empordrängend, die die Feile vorantreibt und die für den Teil der Materie steht, der noch nicht die Lust am Gleiten verloren hat und ständig darum ringt, daß *etwas passiert*. Aus diesem Kräftemessen erwächst die Feile, die gerasterte, gegliederte Fläche, deren ursprüngliche Glätte (sie ist das Wasser und das Geschwätz) Disziplin und männliche Züge angenommen hat, während der wilde Untergrund (der Stein und die Stummheit) zarter und schmiegsamer geworden ist, um das Sprechen, das Singen zu ermöglichen. Das Ergebnis ist diese vollkommen klare, wohlartikulierte, fast menschliche Aussprache der Feile. Die Feile zeigt alle ihre Zähne, wenn sie spricht, verschluckt keinen Vokal und keinen Konsonanten, schöpft das ganze Alphabet aus, sie ist das beste Beispiel für einen klaren Ausdruck. Und der Mensch, an dem dieselben Gegenkräfte zerren, das Glatte und das Wilde, das Wasser und der Stein, ist eben genau das, eine Feile, ein runzliges Tier. Deshalb hat er die Gabe der Rede.

Im Unterschied zur Feile besteht das Sandpapier nicht aus Rillen, sondern aus einer Vielzahl von Körnchen, die seine Wirkung beträchtlich mildern. Statt von Überredungskunst sollte man lieber von einem Bittgang sprechen, einem Bittgebet gar. Was bei der Erfindung des Sandpapiers vermutlich Pate gestanden hat, abgesehen von der Feile selbst, sind die Strände. Das Meer hält sich sauber, indem es sich an ihnen reibt; dafür wiegt es sie in den Schlaf, wie ein Dichter es ausdrückte. Doch die Strände schmirgeln und reinigen nicht nur, sie nehmen auch das Wasser auf, saugen sich voll. Die Feile mit ihren Rillen läßt leicht jede Flüssigkeit abrinnen, sie ist eine perfekte Drainage. Das Sandpapier dagegen ist reine Zerstäubung – was es natürlich flexibler macht und ihm erlaubt, in Ecken einzudringen, die für die Feile unerreichbar sind –, es ist näher am Chaos und am Feuchten. Doch ob feucht oder trocken, ob Schwur, Fluch oder Gebet, alle beide, Feile und Sandpapier, teilen dieselbe Lust: am Abreiben, Abtragen, Abstrahieren. Durch sie kann jede Materie geduldig ihre aufrichtigste Grenze ergründen, ihren innersten Mittag.

Der Schwamm

Legen wir auf einer Ebene mehrere Gänge und Stollen an, die einander kreuzen und verbinden, so erhalten wir ein Labyrinth. Verknüpfen wir dieses Labyrinth rundherum – oben, unten und an den Seiten – mit weiteren Labyrinthen, das heißt mit weiteren Ebenen von Gängen und Stollen, so erhalten wir einen Schwamm. Der Schwamm ist die Apotheose des Labyrinths. Was im Labyrinth noch linear ist, einem Stilprinzip gehorcht, ist im Schwamm dem unbezähmbaren Chaos gewichen: die Materie *sprengt auseinander*, strebt fort von jeglicher Mitte. Der Schwamm ist reine Streuung. Stellen wir uns eine Herde vor, die vor dem Angriff einer Raubkatze flieht, und inmitten dieser Herde eine Gruppe von Tieren, vom Raubtier zwar etwas entfernt, doch deshalb nicht weniger verängstigt. Dieser Teil der Herde, am Rande, jedoch nicht außen, von Furcht gepackt, jedoch verhältnismäßig sicher, ist ein Schwamm, eine Verbindung von panischem Taumel und Unverwundbarkeit.

Gerade diese Mischung vermittelt uns das Gefühl, daß das Werkzeug Schwamm am wenigsten Herr seiner selbst, daß es das äußerlichste von allen ist, nichts zurückbehält und dem Nirwana am nächsten kommt. Die Tausende von Hohlräumen und Stollen entsprechen der Spaltung, die bei jeder Explosion dem letztendlichen Zerstäuben vorangeht. In der erstaunlichen Schwerelosigkeit des Schwamms liegen bereits Fall und Abwesen-

heit. Verglichen damit ist die Leichtigkeit einer Vogel-
feder kein Kunststück: zu sehr hängt sie mit ihrer
Winzigkeit zusammen. Es ist eine Leichtigkeit, die man
zur Kenntnis nimmt, die jedoch nicht überrascht. Die
Leichtigkeit des Schwamms dagegen ist eine heroische.

Die Leichtigkeit ist der Beweis für seine vollkommene
Verfügbarkeit und Hingabe. Ja, diese Hingabe scheint
Formen unersättlicher Raubgier anzunehmen. Der
Schwamm saugt ein und nimmt auf, doch er verfügt über
kein anderes Gefäß als sich selbst, in dem er das Aufge-
nommene halten könnte. Er verfügt über keinen Verdau-
ungsapparat, verarbeitet nichts, hebt nichts auf, ergreift
von nichts Besitz. Er vermag sich nur bis in seinen letzten
Winkel hinzugeben. Wozu? Nicht einmal er weiß es.
Deshalb sagt er nichts, er spinnt nur vor sich hin. Das
Wasser durchströmt ihn wie eine Losung, die niemand
versteht, die jedoch alle Stollen eifrig wiederholen und
wie ein Lauffeuer verbreiten. Kein Mund bleibt stumm.
Der Schwamm ist unkritisch. Daher ist es so einfach, von
oben und von unten in ihn einzudringen, bis in seine letzten Schlupfwinkel vorzustoßen und ihn um all seine Geheimnisse zu erleichtern. Man braucht nur zu Wasser zu
werden. Und wer wird angesichts eines Schwamms nicht
zu Wasser? Sehen wir uns an, wie der Mensch einen
Schwamm in der Hand hält, wie er ihn greift und an-
schaut. Unwillkürlich streichelt er die Bewegungen des
Wassers. Und das Wasser ist nie so sehr Herr seines Ausdrucks, seiner Stimme wie im Innern eines Schwamms.
Seine Hauptbeschäftigung, das Fallen, kann im
Schwamm, auf dieser komprimierten, greifbaren Bühne
in all seinen Varianten zur Geltung kommen, wie in

einem Labor. Mit seinen tausend Verästelungen bremst
der Schwamm den Fall des Wassers, damit sich das Wasser Wasser nennen kann, in aller Reinheit und Mensch-
lichkeit. Im Schwamm wachsen dem Wasser vorüberge-
hend wieder Hände und Füße, Rumpf, Finger und
Knorpel und somit eine Quelle des Selbstbewußtseins, es
ist *auf sich selbst zurückgeworfen*, nachdem es eine kon-
krete Aufgabe erfüllt hat: ohne zu irren oder zu vergessen gründlich einen Körper zu durchdringen, der trok-
ken war. Höchste Erfüllung nicht nur des Wassers,
sondern auch der Liebe.

Wenige Dinge sind also so sehr aus einem Guß wie der
Schwamm. Er ist das Anonyme in seiner reinsten Form.
Er hat keinen Charakter, das heißt keine Gewohnheiten,
er ist von nichts besessen, nicht rückfällig, frei von
Schwielen und Verhärtungen. Sein feines Gewebe ist
ausgeglichen, es gibt keine Verstopfungen, keine Schnell-
straßen, Abkürzungen oder Schneisen, jedes Häutchen,
jeder Knorpel hat im gleichen Maße am Gemeinschafts-
werk teil. Als hätte die Materie mit einem Mal auf jede
Kraftkonzentration, auf die geringste Ablagerung
verzichtet, als hätte sie es sich zur Aufgabe gemacht,
noch den letzten Rest Knoten, Faser oder Nerv aufzu-
lösen, als hätte sie mittels gewundener Berechnungen,
Umschweife, Hin- und Rückwege und endloser Durch-
läufe ein für allemal Schluß mit Fettleibigkeit, Trägheit
und Starrsinn gemacht, Schluß mit aller Dummheit.
Das Ergebnis: eine geschmeidige, rege Materie, passier-
bar und artikulierbar. Und noch etwas: eine Materie
ohne Macht, gänzlich unverbildet, die auch Emotionen
kennt.

Die Hälfte der Hälfte der Hälfte: da haben wir das innere Gesetz, das den Schwamm regiert. Ein Gesetz, dem der Schwamm bewundernswert hartnäckig und unnachgiebig folgt und das nichts anderes ist als eine Teilung ins Hundertste und Tausendste oder was immer nötig ist, um jede Ablagerung, jede Stammesbildung, jedes Patriarchat im Ansatz zu ersticken. Da seine Leidenschaft das Spinnen und die ungehemmte Freude, das Schmieren und das Pumpen sind, braucht er Gabelungen und Umleitungen und Umleitungen der Umleitungen und Abzweigungen der Abzweigungen; alles zerteilt, alles die Hälfte der Hälfte, alles in Bewegung, alles weiblich, alles hier und jetzt.

Daher seine Berufung zum Sieb, zum Filter. Das Sieb ist, wie allgemein bekannt, ein tausendfach gebremster Sturz, ein Werkzeug des Abratens; es rät ab, indem es bremst und schwanken läßt. Es ist ein Verhör. Die Schuld, die immer Beute, Schmuggelware ist, kommt schließlich ans Licht und wird in Form von Klümpchen ausgesondert. Was bleibt, ist die Essenz, die anfängliche Armut, denn ein Sieb ist nichts anderes als eine Reise gegen den Strom auf der Suche nach dem verlorenen Beginn. Es ist somit eine Gedächtnisstütze, vielleicht ein Bekenntnis. Und der Schwamm ist paradoxerweise Ausdruck eines durchlässigen Gedächtnisses: er duldet kein Summieren, kein Anhäufen. Er ist Franziskaner. Und noch etwas: er hat das Temperament eines Athleten, er läßt nichts auskühlen, nichts altern. Und ob wir wollen oder nicht, wann immer wir einen Schwamm ausdrükken, teilt sich über Knorpel und Sehnen unserer Hand jedesmal dieser geheime Wunsch mit, der uns niemals verläßt: uns von Grund auf zu erneuern, ein anderer zu werden, verfügbar und leicht wie am ersten Tag. Denn es steht außer Zweifel, daß der erste Tag nichts anderes war als ein Schwamm.

Das Öl

Das Öl ist ein Wasser, das den Drang und die Dreistigkeit des Aufbruchs eingebüßt hat und nun, wo alle Wege gegangen sind, feststellt, daß es Land betritt, das es in der Vergangenheit bereits durchlaufen hat. Es ist ein Wasser, das eine Reise um die Welt hinter sich hat. Es ist überflüssig, hat nicht mehr die alten Rechte am Boden und muß den jüngeren, eigentlichen Strömen weichen. Es ist ein üppiges Wasser, das vor lauter Fließen erfahrungsschwer geworden ist, bösartig vielleicht. Man könnte meinen, es würde über ein anderes Wasser gebieten, daher auch seine Pracht, die nicht frei von Unterwerfung ist, denn wo Pracht ist, ist immer auch jemand gefesselt und auf Knien.

Das Öl ist also ein Wasser, das gestützt werden muß (die Hände im Schoß, das ist das Prinzip des Öls), und diese Behinderung macht es bedrohlich. Es ist ein sandiges Wasser, ein Wasser, das an einer Biegung nicht achtgegeben hat, das seine Geschwindigkeit verringert hat und den Sand nicht mehr abschütteln konnte, und so hat es den Schaumkronen Lebewohl gesagt, sich zur Ruhe gesetzt, schweigsam und verschlossen, voller Sand. Es ist ein Wasser, das schwach auf den Beinen ist.

Unfähig nunmehr zu laufen, sich instinktiv von den Gefahren abzuwenden, fröhlich auf jeden Stein zu treten und eine klare Sprache zu sprechen, ist es störrisch geworden, berechnend und seßhaft. Daß alle Wege gegangen sind, macht es nachdenklich. Es grübelt vor sich hin und benimmt sich wie jemand, der auf seine Scholle zurückkehrt, ganz vorsichtig, und eigentlich bewegt es sich nicht, es besetzt vielmehr, nimmt in Besitz. Jeder, der sich etwas aneignet, tut es, indem er zurückkehrt, und das Öl ist heimgekehrt, es ist ein plünderndes Wasser. Während die jungen Wasser selbstlos durch die Lande ziehen, schwingen die Öle sich auf, streben nach Höherem. Sie sind aufsteigende Wasser, und ihre Sandhaltigkeit erlaubt ihnen, mühelos, wenngleich langsam zu klettern. Ohne Öle wäre die Welt tatsächlich ohne Überraschungen, wäre eine Welt in immerwährendem Abstieg, unter dem Joch der Schwerkraft, eine einzige, unendliche Ebene.

Auf Dauer würde eine solche Welt geometrisch werden. Beim Öl besteht diese Gefahr nicht, es ist undogmatisch. Das beweist sein behutsamer, sich vortastender Gang. Es ist ein ernüchtertes Wasser. Es legt sich als trübender Wirbel um die Dinge, der sie davor schützt, sich brutal an der Welt zu reiben, es versetzt sie in Hypnose. Und so funktioniert auch das Ölen: jedes eingeölte Stück geht auf subtile Weise zu den anderen auf Abstand, wird unabhängig, erobert sich innerhalb des großen Mechanismus, und sei es nur in der Einbildung, den Rhythmus des eigenen Willens. Das Öl unterstreicht den individuellen Charakter, es ist zugewandt, hört zu. Dort, wo das einfältige Wasser achtlos vorbeiläuft, macht das Öl, das mit allen Wassern gewaschen ist, auf seinem Rückweg halt und verarbeitet. Es verwirft nicht und zieht keine Schlüsse, aber es unterscheidet, prägt allem, was es berührt, Gesicht und Alter auf. Jedes eingeölte Ding hat einen Namen.

Ohne das Öl gäbe es also keine Kultur, gäbe es weder Handel noch Transport. Es ist ein Frachtwasser. Ihm haben wir es zu verdanken, daß die Welt vielfältig ist, daß zwischen den Dingen ein Austausch von Positionen stattfindet, daß sie sich unerwarteten Aufgaben stellen. Das Öl handelt gewissermaßen als Mittler, es ist Brücke oder Polster, um den Dingen eine freundliche Kontaktaufnahme zu ermöglichen, es verleiht den Beziehungen offiziellen Charakter und drückt ihnen den Stempel von Dauerhaftigkeit auf. Das Öl verschafft auch Erleichterung: es schiebt sachte, löst die Zunge, gibt neuen Schwung, verfeinert die Sitten. Ohne Öle wären wir der ewigen Beschränkung der Wildheit und des Wassers unterworfen, Abweichung und Hoffnung wären uns verwehrt, wir lebten zwar ohne Betrug, aber ärmlich. Das Wasser sucht sich seine Bahn und findet immer eine, es liebt die Ordnung und die Wiederholung. Das Öl ist langsamer, hat einen oder zwei Gänge weniger, aber unzählige Augen, was dazu führt, daß es ausufert, nichts ausschließt. Es ist verbindend und erfinderisch. Während das Wasser Streit schlichtet und jedem das Seine gibt, rührt das Öl utopisch auf (aus jedem Aufruhr spricht die Utopie) und erprobt neue Arten und neue Kräfte. Es spielt mit den Muskeln, ist zirzensisch.

Sein Verfahren ist die Litanei. Das Öl, das einen bestimmten Gegenstand bedeckt, ihn einschmiert (ein Rohr oder was immer), wiederholt diesen hauchfein, wie ein Echo, es verlängert ihn millimeterweise, um ihm seine Kralle zu nehmen, seine Spannung, die geschmierten Materialien prallen hochbewegt aufeinander. Der Hauch des Öls ist ein Feuer der Verkündigung, und die jeweiligen Reibungen verlieren an Härte, allenthalben herrscht Beschwingtheit, belebendes Pumpen, die einzelnen Teile geraten in einen Zustand der Trance, werden demütig und ergriffen und vergessen ihre eigenen Fähigkeiten in dem Maße, wie sie sich dieser Hauptsubstanz hingeben, der gegenseitigen Berührung. Das Öl ist mithin ein blitzschneller Bote, der niemanden uninformiert oder desorientiert läßt. Sein Meisterstück, mehr noch, seine ganze Daseinsberechtigung sind die Umarmung, die Vermischung, das Zusammenkochen, die Abrundung, denn so wie das Wasser nach einem Meer strebt, strebt das Öl, auf welchen Wegen auch immer, nach einer Bouillon, nach Kommunion.

Das Rohr

Ein Rohr funktioniert, solange es Pflichtbewußtsein und Ehrgefühl besitzt und den Atem anhält. Wo es wieder Luft holt, wo es vom Lachen oder Absurden übermannt wird, dort endet das Rohr. Andere Werkzeuge verbergen ihren Zweck besser, nicht so das Rohr. Ja, das Rohr hat eigentlich gar keinen Zweck, es verarbeitet nichts, es ist das müßigste und zugleich am wenigsten bestechliche aller Werkzeuge. Doch seine Geradlinigkeit verhilft ihm zu einem besseren Los. Denn durch ein Rohr läuft stets das Neue. Es ist voller Sonntag. Der Sonntag ist unser Anteil an Ebene. Am Sonntag sammelt sich die Schwerkraft, wir stehen fester mit beiden Beinen auf der Erde, und da es mehr Ebene gibt, werden wir mehr zum Standbild als sonst. Die Rohre sind Paradestücke, Filetstücke einer Ebene.

In einem Rohr zu sein ist also eine Ehre, so als reiste man in öffentlichem Auftrag. Alles in ihm ist hilfreich und zuvorkommend. Wo sich die Erde nicht hinreichend dienstfertig zeigt, da bringt man ein Rohr an. Ein Rohr ist Dringlichkeit, auf dem Rohrweg wird alles dringend. Etwas wird gebraucht, muß ans Ziel gelangen, seine Anwesenheit an einem anderen Ort duldet keinen Aufschub? Hier meldet sich das Rohr zu Wort. Ohne das Verb ›rufen‹ gäbe es keine Rohre. »He, du!« ruft man und formt mit den hohlen Händen um den Mund ein Rohr, ein Stück Ebene, als wollte man den anderen von der

Welt isolieren und ihn schnell mit seinem Ruf einfangen. Ja, das Rohr spart Welt, es ist eine Abkürzung. Jede Abkürzung ist ein Flug, und die Rohre fliegen, selbst unter der Erde fliegen sie, sie sind der Inbegriff der Wurzellosigkeit, des Weltläufigen, sie sind der Sieg des Allgemeinen und der Ebene, denn was durch ein Rohr fließt, ist immer vage und amtlich, ist flach, gehört dem Staat an. Ein Rohr wendet uns stets den Rücken zu, es sagt uns, das verstehst du nicht, und wirklich, an welchem Punkt oder Abschnitt eines Rohrs könnten wir schon anfangen zu verstehen, da es doch Meister des Redeflusses und des Flugs ist? In Wahrheit ist das Rohr da und ist nicht da, es gehört anderen, kommt aus weiter Ferne und geht in weite Ferne, es ist nichts als Nacken und Rücken: Schritte eines Blinden oder Taubstummen.

Kurzum, das Rohr ist unwirklich oder zumindest ein Schlafwandler. Kein Fältchen der Ironie oder Vergnüglichkeit. Wie eine Leiche. Das hilft ihm, Unebenheiten und Buckel zu überspringen, althergebrachten Stammesgroll zu überwinden. Es ist eine tätige Ebene. Die Rohre sind die Sprache der neuen Generation, sie ölen die Welt, heilen alte Wunden, wirken entspannend. Wo klanglose, traumatische Kraft sich brodelnd aufbäumt, da bändigen die Rohre sie und bringen sie zum Klingen, indem sie ihr Länge, Welt, ein Versprechen geben. Nehmt einem Wilden die Ecken und Kanten, macht ihn eben, und ihr werdet ihn zähmen, das ist der Leitspruch des Rohrs.

Deshalb ist das Rohr betäubend. Ohne Rohr gäbe es kein Rauschgift. Jedes Rauschgift durchläuft in uns ein ganzes Leitungssystem, und somit ist jedes halluzinogene Erlebnis mit Lebendigkeit und Anarchie vergleichbar, die das Fließen durch ein Rohr vermittelt. Das Rohr lockert, wirbelt auf, stellt Übermut und Geschäftigkeit der Anfangszeit wieder her, als die Dinge noch einfach, weil wenige waren. Denn wo ein Rohr ist, da ist außer Dringlichkeit auch Übersicht und Staunen. Das Rohr dringt immer zum Kern der Sache vor, als würde es jedes Mal gründlich sondiertes Gelände durchlaufen, als würden wir sagen: dieser Abschnitt gehört uns, wir haben ihn betreten und immer wieder betreten, und wir kennen ihn jetzt so genau, daß wir das volle Recht haben, ein Rohr zu verlegen. Kurzum, ein Rohr bündelt die Schritte und Blicke, mit denen wir uns eines Brachlands bemächtigt haben, als hätten wir es durch das Beschreiten und Anblicken zum Funkeln gebracht. Es ist das Symbol vollendeter, unumschränkter Herrschaft. Eine Belohnung. Deshalb weisen die Rohre immer auf einen Eigentümer hin. Wo Rohre sind, da hat es zuvor Not und Blicke in die Zukunft gegeben. Ein Mensch, der Leitungen irgendeiner Art sein eigen nennt, blickt und reicht gewissermaßen weiter als die anderen, er weiß, daß er fortdauern wird. Gerade in der Hohlform des Rohrs kommt der Wille zum Ausdruck, Maß zu halten und zu überdauern. Seine Fähigkeit zur Verlängerung, zur jähen Ausstoßung, zum Stoßseufzer verdankt es eben dieser Askese. Man muß sich nur ansehen, wie das Rohr eines Teleskops oder eines Mikroskops vorgeht: es rekrutiert Lichtwellen, es isoliert sie, schält sie heraus, es nimmt ihnen ihre schmierige Weltlichkeit, versetzt sie in einen mystischen Zustand, ganz Haut, ganz Ohr, ganz Ebene. Die Vergrößerung ist ein Enthüllen, eine kleine Detonation. Leider ist es von da zum Zerreißen, zur richtigen

Explosion (siehe den Gewehrlauf, den Granatwerfer, die Panzerfaust, selbst so etwas Simples wie das Blasrohr) nur ein Schritt, und in diesem Augenblick wünschten wir, das Rohr wäre weniger gleichmütig, dagegen bestechlicher, mit Lecks hier und da, und eben weniger geradlinig und unnachgiebig, der Menschheit zuliebe.

Das Messer

Das Messer ist eine Mitte und eine Kälte. Es läßt erblei-chen, nimmt den Mut, schickt in die Verbannung. Nie im Leben, auf gar keinen Fall, blickt es zurück. Alles an ihm ist ein einziges Voran. Es erkundet nicht, forscht nicht, entwickelt sich nicht, lernt nicht. Es ist ein Ausruf. Warum ist nicht alles ein Messer? Weil alles irgendwann einmal, und sei es noch so leicht, noch so kurz, nachgibt, sich windet, genießt und ein Gran Zeit verliert, und ein Gran reicht aus, schon haben wir einen Rücken, Schat-ten, Korpulenz und ein Werden. So geht das Messer ver-loren, die reine Spitze (was man als Schneide kennt, ist lediglich ein Reigen von Spitzen).

Die Spitze ist etwas, das von Erinnerungen und Bin-dungen gänzlich frei ist, sie weiß nicht das allergering-ste, schuldet niemandem etwas, wirft keinen Schatten. In gewissem Sinne ist sie tot, ist eine Ruine oder eine Zyste. Sie ist, was am Ende bleibt, was brennt, was sich nicht handhaben läßt, der Feind der Haut und des Ver-standes, denn Haut und Verstand wirken als Wellen, als Staffel, durch Verbindung. Die Spitze ist reine Zwie-tracht. Sie ist das Ergebnis einer überaus mühseligen Destillation. Jede Spitze hat Jahrtausende hinter sich. Ihre verletzende Kraft hat sie von dem gewaltigen Ge-wicht, das sie, geduckt und systematisch, in sich hinein-gepreßt hat.

Die Logik alles Spitzen besagt, daß nur *einer*, der von

vielen geschubst wird, sich für alle anderen erzürnen und die Hände schmutzig machen soll. So als ob alle auf einen Punkt zuliefen und plötzlich, auf ein Zeichen hin, zurückwichen. Es wird immer jemanden geben, der sich als letzter wieder einreiht, und genau den hindert man ganz einfach daran, wieder in die Reihe zu treten. Dieser eine ist die Spitze, ist der Geopferte. Die anderen geben ihm einen Stoß, damit er sich nicht unter sie mischt, sie behandeln ihn wie einen Aussätzigen.

Das Opfer ist also der, den die anderen verstoßen, der nicht mitspielt. Jeder Schubser stellt ihn ein Stück weiter außerhalb der Gemeinschaft. Daher diese Allmählichkeit, mit der die Dinge sich zuspitzen: viele Stöße sind notwendig, damit das Opfer seiner Opferrolle vollkommen gerecht wird, damit es der Gemeinschaft ganz allein, als Verdammter gegenübersteht, damit es unverwechselbar wird. Es ist, als ob die Gemeinschaft es unter großen Mühen ausscheiden würde. Oder anders gesagt: eine Gruppe von Menschen steigt einen Hang hinab, und plötzlich bleibt einer von den letzten zurück und versteckt sich hinter einem Baum, dann bleibt noch einer zurück und versteckt sich hinter einem Fels, ein weiterer hinter einem Busch. Die vorderen merken es nicht und steigen weiter den Hang hinab, aber einer nach dem anderen desertiert. Kaum hat einer das Gefühl, daß er ein wenig hinterherhinkt, schon nutzt er die kleinste Geländeunebenheit, um sich zu verstecken. Bis nur noch ein einziger unterwegs ist, ohne Versteck, im hellsten Sonnenlicht. Er dreht sich um und sieht niemanden. Sie haben ihn im Stich gelassen. Er ist der Zurschaugestellte, ist die Spitze. Kehrtmachen und den Hang hinaufklettern kann er nicht, alle Verstecke sind bereits besetzt. Er ist der Gefallene, ist der Auswurf.

Diese eiserne Allmählichkeit, dieses hinterhältige Vorgehen ist das Wesen des Messers. Man muß sich nur seine harte und fühllose Klinge ansehen. Es ist eine Verschwörung von Gehörlosen. Niemand weiß etwas, niemand hört etwas, alle stoßen, weil andere sie stoßen, die von wieder anderen gestoßen werden. Niemand will der letzte am Hang sein, deshalb stoßen alle, damit sie immer jemanden vor sich haben, und so schubsen sie sich dem Abgrund zu, werden immer verbissener, werden Spitze. Sie sollten alle nach Hause gehen und die Sache vergessen, doch dafür müßten sie den Hang wieder erklimmen, und das ist nicht so einfach. Da halten sie lieber bis zum bitteren Ende durch, lassen sich auf ein gewisses Risiko ein und sehen sich den Vorgeführten an, die Spitze. Sie wollen ihn von nahem sehen, mit eigenen Augen, sie müssen sich persönlich davon überzeugen, daß das Spiel vorbei und jemand anderes das Opfer ist, nicht sie. Deshalb stoßen sie. Aber welches Opfer? Zu spät bemerken sie den Irrtum. Da ist kein Opfer. Erst jetzt, bei dieser schlafwandlerischen Annäherung aller ans Feuer, wird sich herausstellen, wer das Opfer ist. Das Opfer ist derjenige, der sich zu weit vorwagt, der neugieriger ist, als ihm guttut, der sich, weil er nicht rechtzeitig bremst, aus der ganzen Horde heraushebt und zur unerwünschten Wucherung wird, zum geächteten Auswuchs, zur Spitze. Das Opfer ist also der, der verbrennt, der sich selbst hingibt, daher auch dieses heimliche Frohlocken und mystische Erheben, das prompt alle Opfer ergreift.

Diese Mischung aus Abweisen und Verlangen, aus

Vorrücken und Zurückweichen, dieses Ansichhalten, ohne jemals innezuhalten, wie es typisch ist für den, der einen Hang hinabgeht, macht die Natur des Messers und aller spitzen Dinge aus. Die Form des Messers gemahnt also an einen nicht rechtzeitig gebremsten Schwung und verweist auf eine Welt, die ins Schleudern gerät, in der die Dinge sich plötzlich jeder Kontrolle entziehen und eine gefährliche und schäbige Selbständigkeit erlangen. Als ob eine Reiterschwadron, nachdem sie einen feindlichen Haufen in die Flucht geschlagen hat, diesen aus purer Trägheit (oder einem Übermaß an Ehrgefühl) immer weiter verfolgt, bis sie schließlich in Feindesland eindringt und am Ende von allen Seiten umzingelt und gehetzt wird. Diese gehörlose Schwadron, die einen übertriebenen Vorwärtsdrang und ein armseliges Bremsvermögen an den Tag legt, offenbart uns den Charakter eines überstürzten Gegenschlags des Messers, eines unvorsichtigen Vorstoßes, und erklärt zugleich den Zwist, den feigen Überfall, den hinterhältigen Dolchstoß und alkoholisierten Messerstich, das Elend und die Flucht.

Das Seil

Das Seil ist eine verlängerte, besessene Spitze oder, um genauer zu sein, eine lange Kette von Opfern, daher seine Passivität, sein Unglaube und seine Haltlosigkeit. Es ist eine Verknüpfung von Sterbenden. Bevor sie ihren Geist aushauchen, werden sie barmherzigerweise kreuz und quer auf das Seil gezogen. Jeden Augenblick erwarten, ja ersehnen sie den Gnadenhieb des Beils, den Fallblitz der Guillotine. In seiner vollkommenen Rückgratlosigkeit gleicht das Seil dem Wasser wie kein anderes Werkzeug sonst. Einem geknebelten Wasser. Im Vergleich zum Wasser, das sich keiner anderen Form als der seines Gefäßes fügt, verkörpert das Seil die Möglichkeit eines weniger nachgiebigen, nicht flüchtigen Wassers, weniger wankelmütig und dafür seßhafter, ein Wasser zum Anpacken, ein Herkules-Wasser.

Aus der Nähe besehen, zeigt das Seil jedoch sein wahres Gesicht: ein Reigen von Niederlagen. An jedem Punkt des Seils wird seine Hinfälligkeit spürbar, seine endlose Schwermut, an jedem Punkt verliert jemand ein Gefecht und geht in die Knie; das Seil ist der Inbegriff des Leidens. Zu schwerfällig, um sich wie das Wasser stets neu zu formen, besitzt es auch nicht Haltung und Widerstandskraft des Knöchernen. So ist jeder Reiz, den es empfängt, eine tiefe Demütigung.

Daher vielleicht das Rückgratlose des Seils. Doch das Fehlen eines Gerüsts dient ihm gerade als Schutz, denn es hat eine betäubende Wirkung. Die einzelnen Teile agieren losgelöst voneinander: es gibt kein gemeinsames Feuer, keine vollständige Vernichtung. Das Seil ist verwundbar, kann zerstückelt werden, doch geißeln kann man es nicht. Jedes seiner Segmente führt ein Eigenleben, ist ein Scheiterhaufen für sich; es gibt keine Verbindungsglieder, nur Enden, letzte Stufen. Alles im Seil *überlebt*, wenn auch mühsam. Daher seine stete Verfügbarkeit, die an das erinnert, was bleibt, wie Schutt, Rauch oder Asche. Es ist selbst eine Feuersbrunst, eine Lohe aus vielen Lohen. Das ist das Heilige an ihm.

Heiligkeit setzt Wirbellosigkeit voraus. Als erstes verzichtet ein Heiliger immer auf die Knochen; wer nicht auf seine Knochen zu verzichten weiß, der sollte das Ganze besser vergessen. Heilig sein bedeutet rückhaltlose Ergebung und Entspannung. Solange noch das kleinste Anzeichen von innerer Stütze oder Gerüst, von Zusammenhalt, Verstärkung oder einem Kräftespiel vorhanden ist, wird die Heiligkeit zu einem Hirngespinst oder einer Heuchelei. Heilig ist, wer keinen Augenblick vergißt, Verzicht zu leisten. Ein Seil ist ein Geflecht von Verzichtleistungen, ein plastisches Bild der schwierigsten von allen nämlich zu atmen. Wenige Dinge halten wie das Seil den Atem an und versenken sich in sich selbst. Das Seil ist sozusagen die Hand, die uns immer fehlt, die mittlere, die geistige, die tiefgreifende, die fromme, die nicht verrät und keine Abdrücke hinterläßt, die Hand, die darauf verzichtet hat, anzuhäufen und festzuhalten, die einfach nur Lauterkeit und Licht spendet. Verbindungen herstellt. Nachricht gibt. Denn wer nach einiger Zeit an einen Ort zurückkehrt, an dem er gelebt, gekämpft und gebaut hat, dem fehlen vor allem die Hände, die er dort zurückließ, die Bande und Verflechtungen, die er knüpfen konnte. Die Seile eben. Immer fehlt ein Seil. Es ist das vergeistigste, unbewußteste Werkzeug von allen. Man muß sich nur anschauen, wie jemand ein Seil spannt, aufrollt oder löst: eine kindliche Erregung ergreift ihn, denn das Seil hat etwas Leichtes an sich, es ist das Brot unter den Werkzeugen, und wie das Brot wird es oft achtlos übergangen; wie das Brot ist es ein Pfeiler der Seßhaftigkeit. Mit dem Seil beginnt die Verteilung der Arbeit, mit jedem Seil überträgt der Mensch einen Auftrag, eine Aufgabe. Muße ist nur möglich, wenn alle Seile gespannt und am Werk sind (was ist eine Maschine oder ein Motor, wenn nicht ein Gefüge von Seilen?). Deshalb erweckt es Beklemmung, ein Seil müßig und unnütz am Boden zu sehen, genau wie bei einem Stück Brot. Denn so wie das Brot nicht verschwendet werden darf, da es niemals an zu fütternden Mündern fehlt, hat auch das Seil immer einen Dienst anzubieten.

Doch seine Vergeistigung hat andere Gründe. Sie kommt von seinem unbedingten Gelübde der Armut. Nichts am Seil, was nicht fastet; seine Neigung, einen Brustkorb herauszubilden, ist gleich Null. Dies rührt daher, daß es sich in einer fortlaufenden Staffel von Fasern bewegt; jede Staffel ist ein Fasten, und aus dem geschickten Zusammenspiel aufeinanderfolgender Entsagungen entsteht das Seil. Dank der Unstimmigkeit zwischen den Fasern, die ihr bißchen Leben kopfüber ersticken, erschafft das Seil, wie eine Mutter, eine Schnur und Kontinuität. Eine Vielzahl von Draufgängern schaffen langen

Mut. Oder wenn man so will: eine Vielzahl von letzten Atemzügen ergeben einen langen Atem. Bei keinem anderen Werkzeug wird durch Verflechtung und Wirrwarr auf so wunderbare Weise ein fester Charakter gebildet. In der Tat ist es bei diesem pflanzlichen Blätterteig, bei diesem Strudel von Fäden und Fasern fast unmöglich, das Seil wahrhaftig mit unserem Blick zu fassen. Aus der Nähe betrachtet ist es nämlich eine Vielzahl von Seilen. Um ehrlich zu sein, was sich Seil nennt, existiert gar nicht, denn wer hält diesen Wirrwarr von Fasern und Fäden zusammen? Es selbst? Aber von wo aus, von welchem äußeren Punkt aus, wenn es sich doch in ganzer Länge dort befindet? Wenn da nichts war vor diesem Körper? Wer hält es, wer spannt die Fäden des Seils? Vielleicht Gott, vielleicht die Schwerkraft oder, was am wahrscheinlichsten ist, unsere unheilbare Eitelkeit?

Die Tasche

Die Tasche ist ein aufgeräumtes Händereichen, von vielen Händen, die sich in der Tiefe verschränken, auf eine so tiefe und gelöste Weise, daß keine mehr in der Lage ist, sich von allein um etwas zu schließen und jedem Finger einzeln Geltung zu verschaffen. Die Tasche ist das Ergebnis dieser Zügelung, dieser Atempause, dieser Einfühlungsgabe und gegenseitigen Vergebung. Wo eine Tasche ist, ist Bündnis und Verbrüderung. Aber auch Verschwendung. In der Tasche verschwenden die Hände ihre Zeit. Die Form der Tasche ist die Form des Zeitverlusts, des Verlusts von Energie. Jede Hand in der Tasche deutet auf ihre Artgenossen und lobt sie. Alle sind geladen, keine ist Gastgeber, alle werden gleichermaßen geachtet. Das Fröhliche der Tasche ist die Fröhlichkeit eines Raumes, der sich von allen Pflichten freigemacht hat, eines Festes ohne Hausherrn oder eines Hofes ohne König. Es ist die Freude darüber, daß zeitweilig die starren Fronten aufgebrochen sind. Wie beim Lachen. Das Gesicht, das lacht, will ein anderes Gesicht sein, es bricht seine Gesichtszüge auf, aber nicht, weil es andere, sondern weil es gar keine haben möchte, es will allem Starren entfliehen. Genauso die Tasche: sie flieht die Routine, das Wissen, die Erfahrung, sie entzieht sich jedem Zweck. Die Tasche ist Ablagerung, ein letzter Muskel, der erste Bote des Stamms. Hinter ihr Wind und Wetter.

Die Hände in der Tasche vertrauen einander, oder sie

fürchten einander, denn in der Mitte der Tasche ist eine Perle, nach der niemand greift. Die Tasche entsteht durch allmähliches Entfernen von dieser verbotenen Mitte aus, so als ob jedes Teil sich möglichst desinteressiert zeigen wollte und bei jedem Schritt nach hinten die anderen zwänge, es ihm auf der Stelle gleichzutun. Die Tasche funktioniert also durch Zurückhaltung, oder genauer gesagt durch Entsagung, durch Fasten. Wer fastet, bildet eine Tasche in seinem Inneren. Der Traum eines jeden Fastenden ist es, ein Ballon zu werden, sich zu verflüchtigen. Der Fastende ist ein Flüchtender, er flieht vor dem Knebel seiner Knochen und Eingeweide. Er flieht vor der Berührung. Die Tasche ist genau das, eine kleine Ode an die Nichtberührung, an das Schweben. In ihrem Inneren lebt alles in einem Zustand des Schwankens und Taumelns, es schwingt hin und her, Spielball einer spöttischen Materie. In der Tasche ist alles Ruhelosigkeit und Lachen.

Die Tasche rettet die Dinge vor dem Fall, doch im Unterschied zu einem Tisch oder Regalbrett, die sie ein für allemal retten, rettet die Tasche sie *jede Sekunde* neu, denn sie kann sie nicht befestigen, kann ihnen nichts fest versprechen. Wie ein Schiff auf hoher See schaukelt sie dahin, beladen mit Dingen, die *vorläufig* nicht gefallen sind. Sie sind wertvoller, denn sie scheinen in jedem Augenblick vor dem Staub des Bodens gerettet zu werden, sie sind Überlebende. Alles, was treibt, was in der Tasche steckt, hat sich in jedem Augenblick wie durch ein Wunder auf halber Höhe gehalten. Und Reichtum ist eine Sache von Gleichgewicht und halber Höhe. Reich ist ein Mensch, der niemals einen Arm heben (flehen) oder sich

bücken (dem Feind seinen Nacken hinhalten) muß, da er
alles auf erreichbarer Höhe hat, auf halber Höhe, in seiner Tasche, geschützt vor dem Boden, vor dem Fall. Wer
reich ist, hat sich von der Schwerkraft befreit, ist ein
Mensch im Fluge, ist ein Überlebender.

Reichtum ist Schweben, aber auch innere Reinigung.
Indem die Dinge sich in der Tasche bewegen und an der
gefütterten Innenseite reiben, erhalten sie Glanz. In ihrer schwarzen Tiefe hütet und unterstreicht die Tasche
den Glanz von allem, was sie enthält, denn die Tasche
selbst ist das Trübe schlechthin. Diese Trübheit rührt gerade daher, daß sie immer staubig ist, schließlich schützt
sie die Dinge, die sie bewahrt, vor dem Staub des Bodens. Ja, die Tasche ist emsige Erhebung, beschwerliche
Auffahrt, mühselige Loslösung auf der Suche nach bes-
serer Luft.

Trübe ist die Tasche außerdem, weil sie ein Chor ist,
ein Gefingere, eine Fingerschar. Sie ist empfänglich, mit-
fühlend, mütterlich und ohne Glanz. Doch die Finger
haben keineswegs auf ihre Krallen verzichtet, ihre zu-
packende Art eingebüßt, sie haben sie nur abgelegt, um
später wieder auf sie zurückzugreifen. Und genau so
funktioniert die Tasche: durch Aufschub. Jedes einzelne
Stück verzichtet für kurze Zeit auf einen Teil seiner
Kraft, fastet ein wenig, um die endgültige Vereinigung zu
ermöglichen, die alle im selben Knoten verbindet, im selben Puls, im selben Handgriff, welcher der Tasche Sinn
und Form gibt. Dieser Griff erlaubt, sich von der Erde zu
befreien, er ist die geistige Großtat, bei der alle zusam-
menkommen und teilnehmen. Als würden wir sagen: alle
Finger verzichten auf eine unmittelbare Hand, um am

Ende die eine, große Hand zu haben, die alle Kreisläufe in Gang setzt und sich wie ein langsameres, aber kräftigeres und ergebeneres Herz seiner dankbaren Untertanen annimmt.

Die Schraube

Das Öl ist ein Wasser mit üppigen Rundungen, ein unreines Wasser, das Verlangen, Zeit und Tod kennt. Statt sich fließend und reibungslos fortzubewegen wie das Wasser, schleicht sich das Öl ein und wiegt sich in den Hüften. Während das Wasser ungehemmt und anarchisch, blauäugig und monoton die Welt von all ihren Geheimnissen befreit, ist das Öl ein Wasser, das ein Geheimnis *trägt*, ein Wasser, das an einer Biegung einmal nicht achtgegeben und dort seine Unschuld verloren hat. Es ist ein »getrübtes« Wasser.

Der gleiche Unterschied besteht zwischen einem Nagel und einer Schraube. Eine Schraube ist zögerlich und umsichtig wie das Öl; sie ist ein geölter Nagel. Sie soll sich mit den übrigen Teilen abstimmen und arrangieren, ihnen nicht ihr Gesetz aufzwingen. Bei der Schraube hat sich der sture Monolog des Nagels in Dialog und Entgegenkommen verwandelt. Deshalb halten Verbindungen, die eine Schraube geschaffen hat, länger. Statt mit einer plumpen Eroberung haben wir es hier mit einer allmählichen Unterwanderung zu tun. Die *Reibung* – dem Nagel völlig fremd – entfaltet bei der Schraube die größte Hitze. Aufgrund einer fortlaufenden, einheitlichen Reibung (eine Schraube kennt keine Pause; wenn sie doch einmal innehält, liegt das an der schraubenden Hand; die Schraube selbst hält die Luft an, bis die Tätigkeit wieder aufgenommen wird, sie ist das Werkzeug mit dem größten Talent zum Warten) lullt die Schraube wie ein träges Feuer die Materie also ein und erweicht sie, erobert sie, ohne sie zu erobern, beinahe gleichgültig, willenlos. Der Nagel ist um vieles heroischer und entflammender, er bewegt sich in der Welt des Epos. Die Schraube ist häßlich, unbeholfen, kurzatmig, ohne jede Schlagkraft, sie verrät weder Gier noch sonst eine Gefühlsregung. Aber darin besteht gerade ihre Stärke, denn wie kann man sich jemandem widersetzen, der einem nie die Stirn bietet, der ewig im Profil lebt? Wie kann man ihn zur Rede stellen? Das Gewinde der Schraube ist reines Profil, es mangelt ihm an genau umrissenen Gesichtszügen und Absichten. Sind die Windungen in Bewegung, wie kann man da wissen, ob die Schraube vordringt oder sich zurückzieht, ob sie uns befragt oder ignoriert? Sie ist eine große Opportunistin; sie wickelt uns mit ihrem Geplapper ein, das nicht den geringsten Anhaltspunkt bietet, an dem wir einhaken und sagen können, nein, hier geht's nicht weiter. Es ist kein Eindringen, eher ein Einschleichen: sie schlüpft hinein, vollkommen unpersönlich und gesichtslos. Wenn sie könnte, würde sie sich unsichtbar machen.

Ihre Stärke liegt in ihrer Redseligkeit. Sie ist eine unschlagbare Schwätzerin. Niemals gehen ihr die Argumente aus. So ausdauernd sie warten kann, so wenig kann sie schweigen. Dabei besticht die Schraube mehr durch ihren Andeutungsreichtum und die Vielfalt der Beispiele als durch die Tiefgründigkeit ihrer Botschaften. Botschaften entstehen, wie die Gesichter, aus Pausen. Die Schraube kennt keine Pause, doch Beispiele leitet sie vortrefflich weiter. Jede ihrer Drehungen kommt einem Ausruf gleich: »zum Beispiel...« Jede Schraubendrehung ist ein neues Beispiel für einen Nagel, für eine Spitze, die eindringt. Die Schraube ist eine Flut von Fragen, niemals gibt sie Antworten. Sie verzichtet auf das erregende Erlebnis, sich schlagkräftig ihren Weg zu bahnen, und sichert statt dessen jeden gewonnenen Millimeter. Wie einen Speichelfaden hinterläßt sie eine feine, gewundene Spur, die ihr einen reibungslosen Rückzug garantiert. Und da es sich um einen Weg der Fragen handelt, um einen hypothetischen Weg, kann ihn in der Zukunft auch eine andere Schraube benutzen. Ja, die Schraube ist an sich schon immer eine andere, mit jeder Drehung beginnt sie von neuem, unerschöpflich und reich an Argumenten. Dabei hütet sie sich, zum Kern vorzudringen, sie bahnt sich ihren Weg über zaghafteste Gedankenverbindungen und winzige Gleichnisse, ohne auch nur einmal abzugleiten, wie eine Hand, die uns streichelt, ohne sich von unserer Haut zu lösen, damit wir nicht aufwachen. Vielleicht birgt das spiralförmige Schraubengewinde, worin Kontinuität und Verwurzelung, Fortschreiten und Verweilen einen gemeinsamen Nenner gefunden haben, das Geheimnis der Sprache.

Und gerade diese Kompromißlösung, diese angeborene Umsicht verleiht der Schraube ihr schwermütiges, fast schwindsüchtiges Aussehen. Sie beneidet den Nagel um seinen Elan, seine fröhliche Forschheit und dionysische Freude, um seine bedingungslose Reinheit. Der Nagel erweckt in ihr die Sehnsucht nach dieser ursprünglichen Welt, wo alles durchsichtig und voll Überschwang war, wo alles offen dalag, mit einem Schlag enthüllt, wo es keine Umschweife und kein Winden gab, kein Profil, wo sich alles geradeheraus, mit heiterem Gesicht zeigte, eine Welt, wo alles zu allem gut war. Und diese tiefe Sehnsucht nach einer feurigeren Welt kann man der Schraube am Kopf ablesen, einem Kopf, der immer jämmerlich in zwei geteilt ist, wie ein gramvolles Gesicht oder ein wundes Herz.

Die Schere

Wenn Hitze dehnt, verschmilzt und bindet, tut Kälte das Gegenteil: sie verkürzt und teilt entzwei. Die Schere ist die Botschafterin der Kälte, sie zeigt, wozu die Kälte, in einem Werkzeug gebündelt, in der Lage ist: Lücken zu schlagen, zu entmutigen. Das ist auch die Eigenschaft des Wassers, uns nämlich immerfort auf den schlichten Boden der Tatsachen zurückzuwerfen und uns von Klumpen und eitlen Hoffnungen zu befreien. Deshalb waschen wir uns nicht nur, um sauber, sondern auch realistischer zu sein.

Die Sprache der Schere ist äußerst schlicht und läßt sich in einem Satz zusammenfassen: »Hier ist kein Platz mehr!« Denn zwischen ihre beiden Stahlklingen paßt nichts. Nur das Wasser, das sich in unerhörte Wirbel stürzt, kann dort eindringen, ohne Schaden zu nehmen. Alles andere muß sich zurückziehen, ist zu dick und zu plump, und was sich nicht zurückzieht, wird mit Gewalt verdrängt. Genau das tut die Schere: sie schiebt zur Seite, um sich Bahn zu schaffen, wie ein Schiffskiel im Meer. Sie rempelt mit den Schultern, ein richtiges Mannweib. Sie agiert durch fortschreitende Bestechung, kämpft mit Körpereinsatz, nimmt jeden Gegner in die Zange, bezwingt ihn und geht zum nächsten über, und so bahnt sie sich einen Weg, geräuschlos, chirurgisch, nicht zertrümmernd, sondern zerlegend, eine Grundmauer nach der anderen einreißend, Stützen entziehend, eine Spezialistin in der Vertiefung von Krisen. Sie ist ein Werkzeug der Dämmerung. Der Mittag einer Fläche, die ganze Masse eines Gegenstands nehmen ihr alle Macht, sie muß an die Ränder ausweichen, in den Abend, und von dort aus gelingt es ihr, durch fortgesetzte Bestechung, durch sukzessive Enthauptung von Wachposten alle Gegenwehr zu überwinden und sich einzuschleichen. Ihre Leidenschaft ist es, aufzufahren, denn sie ist rachsüchtig. Warum, das versteht sich: jede der beiden Schneiden der Schere haßt die andere. Man hat sie gezwungen, zusammenzuarbeiten, das heißt, das Schlimmste von sich zu geben: keinen frontalen Stoß, keinen heroischen Hieb, sondern das indirekte, hinterhältige, schaudererregende Durchtrennen. Mit einem Wort, sie handeln wie Diener. Denn so wie der König die Adligen an seinen Hof lockt und, um sie zu bändigen, dafür sorgt, daß sie sich aneinander reiben und gegenseitig verleumden, so kühlen auch zwei hitzige, freie Dolche in einer artigen und unterwürfigen Pose ab, wenn man sie an den Haken nimmt. Sie werden höfisch. Die Schere atmet den Geist der Hofgesellschaft, lebt im Zeichen der Beherrschtheit, des Erstickens, des Geredes. Man muß sich nur ansehen, wie sie zu Werke geht. Während die untere Klinge lästert und dabei einen feinen Todespfad zeichnet, saust die andere, die obere, mit ihrem würgenden Hieb herab. Nach dem Motto: erst einen Stein in die Dunkelheit geworfen, und wenn der unbedachte Feind dann nachschaut, schlägt man ihm von hinten den Kopf ab. So rückt die Schere vor, sie überrumpelt, spielt ein doppeltes Spiel, stellt ein Bein. Sie attackiert die Lenden, die trägsten Teile, beginnt beim jüngsten Wachposten oder bei dem, der am tiefsten

schläft oder am einsamsten dasteht. Hat sie ihn erst liqui-
diert, gibt es kein Halten mehr. Aus einer einzigen ver-
wundbaren Stelle leitet sie alle weiteren ab. Sie ist deduk-
tiv. Sie knüpft eine geschlossene Gedankenkette, nicht
eine Sekunde verliert sie den Faden, sie tut *nicht den
kleinsten Sprung*, dringt mit mathematischer Präzision
ein. Die ganze Zeit sondert sie Grenzen ab, Unzufrie-
denheit, Schlaflosigkeit. Sie lebt hellwach, auf Zehenspitzen fast, ganz im Profil, lebt von der Zukunft, in ständiger Verbitterung. Sie verabscheut die Gegenwart, die
Zustandsverben und die Landschaft. Sie trägt das Gift
der Zukunft. Zukunft ist ihre Methode. »Vorwärts,
schneller, weiter voran!« schnippen die Stahlklingen. »In
die Zukunft, in die Zukunft!«
Und so, allein mit den Fingern und dem Blick, läßt
sich mit der Schere umgehen, als befände sich das Klin-
genpaar, wohlerzogen und adrett wie zwei alte Jungfern,
nicht direkt in der Hand, sondern am Ende einer unsichtbaren Flucht von Vorzimmern, von höflichen Vernei-
gungen. Die Schere duldet keinen unerfahrenen oder rü-
den Zugriff wie andere Werkzeuge, sie erlaubt weder
Irrtum noch Schwindelei. Man nimmt sie oder läßt sie
und Punkt. Sie wartet gespannt. Deshalb sieht man oft,
wie Kinder ganz aufmerksam die Schere beobachten und
ein Auge zukneifen, während sie die beiden Stahlklingen
vereinen und wieder trennen. Sie wollen herausfinden,
welche von beiden die schuldigere ist, welches das Geheimnis der Schere ist, der Punkt, wo sie ruht, wo sie vielleicht zweifelt. Möglicherweise ahnen sie eine verborgene Sanftmut, so etwas wie ein Herz, das unter ihrer
Härte weiterschlägt, einen Keim, und sei er noch so

klein, von Hingabe und Dankbarkeit. Wie immer irren
sie sich nicht. Denn oft, wenn die beiden Scherenklingen
in ihre Arbeit versunken sind, wenn sie kein Ende finden,
gehen sie eine ernsthafte Verbindung ein, sie verabreden
sich mit Feuereifer, mit geschliffener Liebenswürdigkeit,
sie bilden ein vernickeltes Ehepaar, jeder Teil vergißt sein
einstiges Bohemeleben, und während sie flinke Routen
durch Meere von Stoff oder Karton oder Papier ziehen,
erkennen wir auf einmal, daß die beiden kein doppeltes
Spiel mehr spielen, kein Bein stellen, nicht Schrecken
verbreiten oder Rufmord begehen, sondern sich schlicht
und ergreifend *gratulieren*.

Die Sprungfeder

Hier haben wir es mit einem argwöhnischen Draht zu tun, einem gedrosselten Tiefflug, der dort zum Einsatz kommt (an Gelenken, Enklaven, bei Zusammenstößen), wo ein gehöriges Maß an Geduld und Verhandlungsgeschick erforderlich ist. Die Sprungfeder ist eine Zeitlupe: sie verhindert die Berührung nicht, sondern gliedert sie auf, macht aus ihr eine bewußte Begegnung, keinen beklemmenden Zusammenprall. Die Feder gehört zur Gattung der Schmiermittel. Wie das Öl verlängert sie scheinbar die Teile, indem sie eine neutrale Zone um sie herum schafft, die die Kollision dämpft.

Dämpfer und Federn tauchen einen Mechanismus in ein Relativitätsbad, verleihen ihm ein bestimmtes Temperament. Dieses Temperament wird von der Schubkraft und der spezifischen Aufhängung bestimmt, das heißt von seinem Quantum an Erfindungsgeist und Flexibilität. Jede Sprungfeder ist eine Filzschicht, eine kleine Abstraktion, ein Polster, eine Waffenruhe, ein langer Umweg, um Kontakte zu knüpfen. Sie steht ganz und gar unter der Fuchtel der Verwandtschaft, die jeden Skandal unterdrückt: die Geschwister, Vettern, Onkel und Tanten, die Schwager und all die übrigen Verwandten schließen einen Kreis um uns (oder sollten es zumindest), eine Mauer, die uns vor dem Unwetter schützt und uns erlaubt, ihm relativ gelassen zu trotzen. Die Verwandtschaft ist eine Stufenmaschine, sie stuft den Steilhang des

Lebens ab, indem sie Verbindungsglieder schafft, Haken und Aufrauhungen. Sie ist ein Gleitschutz. So auch die Feder: sie fängt einen Impuls auf, stuft ihn Schritt für Schritt ab, um ihn zu dämpfen oder zu ersticken. Sie arbeitet mit mehrfachem Boden, mit aufeinanderfolgenden Taschen, mit einer endlosen Reihe von Vorzimmern; sie läßt den letzten, wahrhaftigen Boden verschwinden, auf dem wir alle stehen, sie hält ihn ständig versteckt, schiebt etwas dazwischen, kommt uns mit einem anderen, vorläufigen Boden, mit einer anderen Tücke, mit einem anderen Vorzimmer, und schließlich ist der Schwung dahin, so als würde man von einem Herzog verlangen, Münze für Münze, Tasche für Tasche das Wechselgeld seiner Dienstboten nachzuzählen. Die Feder weist in die Schranken, sie ist die Strenge in Reinkultur. Sie überläßt nichts dem Zufall, sie verhindert nicht den Sprung, sie kanalisiert und dosiert ihn vielmehr, sie nimmt ihm etwas von seinem Wunder. Je mehr Feder, desto weniger Feuer, oder zumindest ein ruhigeres, gemäßigteres Feuer oder Temperament. Wo immer man die Feder antrifft, senkt sie die Lautstärke und akklimatisiert. Oder ist das Klima etwa nicht ein unmerkliches Schwingen, ein kaum hörbares Klingen von Federungen, ein Fieber, das reinigt und erneuert?

Die Feder ist folglich heilsam und läuternd. Jede Heilung bewegt sich von der Kontraktion zur Expansion, fast könnte man sagen: einen sanft abfallenden Hang hinab. Alle Stimmen verschmelzen am Anfang des Leidens zu einer einzigen Stimme, einer einzigen Grenzlinie, dann fallen sie wieder auseinander und verlieren sich in größtmöglicher Ferne. Eine bedrohliche Ballung anklagender Zeugen löst sich in ein unbestimmtes, unzusammenhängendes Gemurmel auf. Darin besteht hauptsächlich jede Heilung: lokale Kadenzen und Überheblichkeiten zu unterdrücken, an die Existenz von verschwommeneren, weiteren Horizonten zu erinnern, die uns umschließen, alles wieder dem gesunden Menschenverstand der Gemeinschaft zuzuführen. Die Feder ist eine Meisterin in dieser Kunst der allgemeinen Verbreitung und der Offenkundigkeit. Sie fängt einen Impuls auf und bringt ihn in Umlauf, sie verschafft ihm Resonanz, sie fängt eine bestimmte Wahrheit auf und verbindet sie mit anderen Wahrheiten, verleiht ihr den Status des Öffentlichen, doch dabei wird sie auch manipuliert, wird blaß oder sollte zumindest blaß werden. Die Feder ist strategisch wie die Rhetorik, mit der sich alles sagen läßt, vorausgesetzt, man glättet und feilt es; doch dabei nimmt man ihm seinen feurigen Überschwang. Ihre Form ist die einer Brücke. Gibt es etwas Rhetorischeres als eine Brücke, etwas weniger Spontanes und Melodiöses? Verglichen mit den Steinen jedes anderen Bauwerks ist ein Brückenstein doppelt gefangen, doppelt unterworfen, doppelt zurechtgehauen; keinerlei Überschwang oder Zügellosigkeit sind einer Brücke gestattet. So ist es auch bei der Feder, auch sie läßt sich nur auf eine Art herstellen: indem man einem Stück Materie unerbittlich, Schritt für Schritt den ungeschlachten Charakter des Stücks, des trägen, primitiven Dings, des Klotzes nimmt, indem man ihm kein Fünkchen eigenes Feuer läßt, es buchstäblich aller Geheimnisse, alles Unterschwelligen beraubt, indem man das Verbesserte verbessert und es ein ums andere Mal beim geringsten Hauch eines Zweifels erneut ins reine schreibt, bis man schließlich alles unter Kontrolle hat, bis nichts mehr im emotionalen, jungfräulichen Zustand ist. Die Feder wurde nicht erfunden, sie wurde entdeckt, als man bei einem Stück Materie (aus Notwendigkeit oder aus Spielerei) den kleinsten Ansatz eines Flügels, eines eigenen Ausdrucks, eines Abenteuers unterdrücken wollte und auf die Feder stieß, millimeterweise verstümmelt, zerlegt, einen Schritt nur vom Nichtsein entfernt (daher wäre es auch schwierig, sie zu handhaben, sie zu fassen, und ist sie einmal zu Boden gegangen, scheint sie nicht wirklich am Boden zu sein, nicht auf der Erde zu lasten). Sie ist das einzige Werkzeug ohne eigenen Stil. Selbst etwas so Simples wie ein Seil oder ein Hammer weist immer eine winzige Unregelmäßigkeit auf, einen Höcker, irgend etwas, das Ausdruck seines ganz besonderen Temperaments, seines eigenen Geistes ist. Nicht so die Sprungfeder: sie ist von sturer Gleichheit und Makellosigkeit, eine sture Klassenerste, eine sture Goldmedaillengewinnerin und, warum nicht, der Gedanke drängt sich schließlich auf, ein stures Höllenwerkzeug.

Der Lappen

Auch der Lappen verallgemeinert. Da wird sich nicht geziert. Nichts von wegen ich dachte, ich habe geglaubt, mir wurde gesagt, weil dieses und weil jenes. Zum Teufel! Das ist der ewige Ruf des Lappens: »Zum Teufel!« Er kommt nicht vom Hundertsten ins Tausendste. Lappen drüber! Was täten wir ohne ihn? In unserem eigenen Mist würden wir ersticken. Um uns zu retten, müßten wir auf Wanderschaft gehen, ein Nomadenleben führen. Der Lappen verhilft uns zur Seßhaftigkeit. Er ist der kleine heimische Wind, der das Haus erleichtert. Und der Glanz, den er allem, was er berührt, verleiht, ist Teil des Glanzes der ersten Besiedelung, der ersten Bezauberung. Alle versammelte Nachlässigkeit wirbelt er auf, er ist der schweigsame und unermüdliche Wiedererschaffer des ersten Tages. Jedes Wischen sagt: »Wißt ihr noch?« Seine Arbeit besteht aus Aufnehmen, Abreiben, Einsammeln, Fortschieben, aus einfachem Zupacken. Jede Wischbewegung hebt das Substantielle hervor und verweist das Sekundäre, Adjektivische auf seinen gebührenden Platz. Der Lappen liebt die Namen, er verehrt sie. Er ist der Wachhund der Titel. Was nur Attribut ist, Effekt, Emanation, Transpiration, das bringt ihn auf, ist bloße Zeitverschwendung für ihn, mehr noch, ist die Zeit selbst, und die verabscheut er am meisten. Er ist ein Anhänger von Parmenides. Er liebt das Seiende, das Ungewordene. Mit jedem Wischen würde er, wenn er könnte, einen

Graben um die Dinge ziehen, würde sie erhöhen und sichtbarer machen, mehr sie selbst. Das ist des Lappens Leidenschaft: isolieren, ausputzen, aufrichten. Kurzum: noch einmal benennen. Denn der Lappen hat die Fähigkeit zu staunen, als wäre er eben erst erschienen. Er ist der Fremde im Haus, der Gesandte einer dienstbaren Welt, der den Dreck und Staub unserer eigenen auf sich lädt. Doch diese Welt ist kein anderer Planet, sie ist das Feuer, das immer eine andere Welt ist, eine fremde, ferne, magische Welt. Der Lappen ist ein Untergebener des Feuers, ist ein Feuer zur Hand, eine der kleinen Gottheiten des Feuers. Er ist ein angewandtes Feuer.

Wie das Feuer geht der Lappen durch Belagerung zu Werke, durch Ersticken. Er räumt Umgebungen, trennt Nachbarschaften und Verbindungen, kesselt ein, läßt auf dem trockenen, ohne Luft, bis nichts mehr eine Herkunft hat, nur noch Gedenkstein ist. Er unterstreicht also, daher seine Pendelbewegung, hin und her. Es setzt kursiv, wie das Feuer, ohne selbst zu erschaffen. Mehr noch, für den Lappen gibt es zuviel Erschaffenes, zuviel Spreu und Wiederholung. Wenn es nach ihm ginge, würde die Welt nur aus ganz wenigen Dingen bestehen, dafür jedoch strahlend und denkwürdig sie alle; die ganze Welt ein einziges Museum voll glänzender Böden.

Der Lappen liebt also den Anfang. Im Grunde taucht er mit jedem Wischen hinab auf den Grund, zum Ursprung. Und da der Ursprung in immer größere Ferne rückt, sieht sich der Lappen gezwungen, zu scheuern und zu scheuern und Schicht um Schicht zu durchdringen, um den ursprünglichen Gegenstand zu bergen, das Ding an sich. Wischen ist ein Zurück in der Zeit. Der

Lappen kennt kein Vorwärts, er strebt nur in die Vergangenheit. Wenn wir wischen, halten wir die Welt an, um uns über unsere Besitztümer zu beugen und ihnen erneut ihren festen Platz zu geben, um sie erneut zu taufen. »Die anderen raus!« ruft der Lappen. Alles, was den Ursprung überdeckt, was ihn beschmutzt, bringt ihn in Rage, und einmal losgelassen, ist der Lappen Wut, Plünderung, Banditentum. Er arbeitet wie die Gewitterwolken, tausend Befehle erfüllen ihn, er ist eine Brühe von Befehlen. Stellen wir uns viele Menschen vor, die an einem Klippenrand in Stellung gegangen sind. Auf ein Zeichen stürzen sie sich ins Meer, jeder springt seinem Vordermann hinterher, in dieselbe Gischt hinein, wie mit der Hand geworfene Kiesel. So funktioniert der Lappen, durch Alarm, durch Erdrutsch, durch winterlichen Handschlag. Ohne den Begriff der Küste gäbe es den Lappen nicht. Wenn es bloß endlose Flächen gäbe, würden Besen und Kehrschaufel genügen. Den Lappen aber gibt es, weil es in der Welt das Gekappte und das Eckige gibt. Seine ruckende, pendelnde, kurzatmige Bewegung paßt sich diesem grassierenden Provinzlertum und Regionalismus an. Man trägt ihm immer einen ganz besonderen Glanz auf, ein lokales, winzig kleines Funkeln. Für alles andere ist er nicht zuständig, und von dort aus, von den Seiten her, entlädt er seine Wut. Und da die Dinge Ecken und Kanten haben, kann man sogar sagen, daß der Lappen im Grunde gar kein Problem löst, er verschiebt es nur oder überträgt es anderen. Daher auch dieses Gefühl des Läppischen, das uns überkommt, wenn wir jemanden wischen sehen. »Der Staub nimmt kein Ende, er stürzt nur herab!« würden wir am liebsten rufen. Und trotzdem, wenn das Wischen vorbei ist, fühlen wir uns besser. Wir fühlen, daß es recht ist, wenn alles über die Ränder hinabgestürzt ist, solange nur das Antlitz dessen, was uns umgibt, in voller Pracht erstrahlt. Wir sind nämlich sentimental. Und auf halber Höhe, im Herzen der Dinge, dort wo der Lappen hineingetaucht ist, spüren wir, daß das Feuer des ersten Tages, das uns ein Zuhause gibt, reiner und behaglicher brennt.

Der Hammer

Er ist das einfachste Werkzeug und das tiefgründigste. Kein anderes füllt so unsere Hand, ja uns selbst aus, kein anderes nimmt uns so für die Arbeit ein. Mit einem Hammer in der Hand erlangt unser Körper seine ideale Spannung, eine klassische Spannung. Jede Statue sollte einen Hammer haben, ob sichtbar oder unsichtbar, wie ein zweites Herz oder ein Gegengewicht, das den Gliedmaßen des Körpers die angemessene Schwere verleiht. Sobald wir einen Hammer halten, werden wir runder, vollkommener. Er ist das perfekte Requisit für die Dauer. Wenn wir ihn schwer in unserer Hand fühlen, stumpf, zyklopisch, kindlich, läßt er uns wieder die ganze Natürlichkeit des Werkzeugs spüren, die willkommene Verlängerung des Körpers, die gelenkte Kraft ohne Verschwendung oder Enttäuschung. Tapferer Hammer! Eigenwilliger Bruder! Wenige Dinge bieten so die Stirn wie er. Er entstammt der Welt der Ilias, er ist hitzköpfig, bockig, ein Achill. Der Nektar des Zorns hat sich am Ende eines Holzgriffs gesammelt, ist dort gegoren und hart geworden. So entstehen die Hämmer: durch langsames Herabtropfen des Zorns, bis sich schließlich eine Kruste am Ende des Griffs bildet, eine Masse aus Jähzorn. Sie wird zurechtgeklopft, poliert und fertig.

Der Hammer ist sowohl passiv als auch überheblich. In ihm ist die Überraschung am Werk, eine unangenehme Überraschung, und seine durchschlagende Wirkung beruht nicht so sehr auf seiner Wucht, sondern auf seinem Lakonismus. Er erklärt nicht, er brüskiert. Der ganze Zorn des Hammers, der vom Griff langsam aufgesaugt, langsam vergoren, langsam anverwandelt wird, kommt in einem spitzen Schrei zum Ausdruck. Für mehr ist keine Zeit. Man könnte meinen, der hämmernde Mensch vereint im Hammerkopf das Beste seiner selbst und seiner Vorfahren. Als Individuum wird er vom Griff verkörpert, der den Willen und die Schlagrichtung lenkt. Der Aufschlag an sich wird jedoch ganz von seiner Vergangenheit, vom Gewicht seiner Toten bestimmt. Mit jedem Hammerschlag sammelt sich eine Schar von Toten, der eigenen Toten, es sammelt sich alles Verdorrte, was hinter einem liegt, alles Harte, was einem vorangegangen ist, und mit dieser Härte schlägt man zu, mit all seinen Toten, denn dazu dienen die Toten letztendlich: als Härte der Lebenden, als ihre Lanze und ihr Panzer. Ein Lebender ohne Tote, ohne Sippe, ein Lebender an sich überlebt nicht.

Daher sagt der Hammer nichts, was nicht schon gesagt worden wäre, keine neue Regung verändert seinen Klang: die Toten beschwören immer dasselbe herauf, und so verblaßt es mit der Zeit, weite Zonen der Erinnerung verkümmern, jedesmal greift man auf weniger Worte zurück, bis schließlich nur noch eine einzige, harte und hartnäckige Silbe übrigbleibt. Je mehr Tote ins Totenreich kommen, desto mehr verliert der einzelne an Kontur, seine Stimme verhallt allmählich, bis sie von den anderen ausgelöscht wird. Genau das ist jeder Hammerschlag: ein Magma von Stimmen, die zu einer einzigen Silbe verschmolzen sind. Jeder Hammerschlag fördert tiefste, beinahe leblose, beinahe versteinerte Schichten zutage, die nur noch bestimmte Träume, bestimmte Eruptionen des Bewußtseins, bestimmte Hammerschläge mit dem Hier und Jetzt verbinden.

Daher unterscheiden sich die Hammerschläge eines Menschen grundlegend von den Hammerschlägen eines anderen: sie verbinden eigene, unübersetzbare Vergangenheiten, die sich vielleicht in einem Punkt in weitester Ferne berühren, sogar vermischen, die aber immer verschieden bleiben. Nur ein extrem empfindlicher Apparat könnte diese einfachen Zusammenstöße in ihre einzelnen Schichten von Stimmen zerlegen, die sich in der Zeit verloren haben. Doch das wäre ein Höllenapparat. Wir würden aus der Schar unserer Toten, diesem wilden Durcheinander, jeden einzelnen heraushören. Und die Toten muß man zusammenwerfen und mischen, damit sie uns nicht erschrecken, damit sie uns leben lassen; man muß sie vermengen, zusammendrängen, ihre Gesichtszüge und ihre Stimmen löschen, damit sie nur als Ganzes, als ferner Wall, als Schatten bestehen. Deshalb wurde der Hammer erfunden, der Unitarist: mit einem Schlag bindet er uns an unsere Toten, versenkt sie gleichzeitig in ihrer Vergangenheit und begräbt sie. Er räumt sie aus dem Weg: indem wir durch den Hammer mit ihnen sprechen, befreien wir uns von ihnen. Wir kommen voran: der Hammer planiert, schlägt Breschen, erstickt Schößlinge im Keim, ebnet den Weg, weist in die Zukunft. Er ist reiner Bug. Doch wie jeder Bug hinterläßt er eine lange Spur, den Stimmenchor unserer Toten, der bei jedem Hammerschlag ertönt. Voranschreiten bedeutet auf sie zuschreiten. Bei jedem Hammerschlag berühren und vermischen sich das Vor und das Zurück, die Zukunft und die Vergangenheit, unsere Freiheit und unser Ursprung. Bei jedem Hammerschlag stehen wir wie angenagelt da, werden mit einer einzigen Lohe neu definiert, wie die Statuen, nicht ganz lebendig, nicht ganz gegenwärtig, mit einem Hauch von Klassik, einem Hauch von Ewigkeit.

Inhalt

Lateinamerikanische Literatur
im Suhrkamp Verlag

»Imagination, Sensibilität, Liebenswürdigkeit, Sinnlichkeit, Melancholie, eine gewisse Religiosität und ein gewisser Stoizismus gegenüber dem Leben und dem Tode, ein tiefes Gefühl für das Jenseitige und ein nicht weniger ausgeprägter Sinn für das Hier und Jetzt ... Lateinamerika ist eine Kultur.« Octavio Paz

111/1/7.95

Lateinamerikanische Literatur
im Suhrkamp Verlag

Der Cimarrón. Die Lebensgeschichte eines entflohenen Negersklaven aus Cuba, von ihm selbst erzählt. Nach Tonbandaufnahmen herausgegeben von Miguel Barnet. Aus dem Spanischen von Hildegard Baumgart. Mit einem Nachwort von Heinz Rudolf Sonntag und Alfredo Chacón. st 346

Miguel Barnet: Ein Kubaner in New York. Roman. Aus dem Spanischen von Monika López. Gebunden und st 1978

Adolfo Bioy Casares: Abenteuer eines Fotografen in La Plata. Aus dem Spanischen von Peter Schwaar. BS 1188

– Liebesgeschichten. Aus dem Spanischen von René Strien. Gebunden

– Der Traum der Helden. Roman. Aus dem Spanischen von Joachim A. Frank. Gebunden

Carmen Boullosa: Sie sind Kühe, wir sind Schweine. Roman. Aus dem Spanischen von Erna Pfeiffer. es 1866

– Die Wundertäterin. Roman. Aus dem Spanischen von Susanne Lange. es 1974

Ignácio de Loyola Brandão: Null. Prähistorischer Roman. Aus dem brasilianischen Portugiesisch und mit einem Nachwort von Curt Meyer-Clason. Gebunden

João Cabral de Melo Neto: Erziehung durch den Stein. Gedichte. Portugiesisch und deutsch. Übersetzt und mit einem Nachwort versehen von Curt Meyer-Clason. BS 713

Guillermo Cabrera Infante: Ansicht der Tropen im Morgengrauen. Roman. Aus dem Spanischen von Wilfried Böhringer. Gebunden und st 2449

– Drei traurige Tiger. Roman. Aus dem Spanischen von Wilfried Böhringer. Leinen und st 1714

Alejo Carpentier: Barockkonzert. Novelle. Aus dem Spanischen von Anneliese Botond. BS 508

– Explosion in der Kathedrale. Roman. Aus dem Spanischen von Hermann Stiehl. st 370

– Die Harfe und der Schatten. Roman. Aus dem Spanischen von Anneliese Botond. Leinen und st 1024

– Die Hetzjagd. Roman. Aus dem Spanischen von Anneliese Botond. BS 1041

– Krieg der Zeit. Fünf Erzählungen und ein Roman. Aus dem Spanischen von Anneliese Botond. Gebunden

– Die Methode der Macht. Roman. Aus dem Spanischen von Elke Wehr. Gebunden und st 1979

111/2/7.95

Lateinamerikanische Literatur
im Suhrkamp Verlag

Lateinamerikanische Literatur
im Suhrkamp Verlag

Julio Cortázar: Rayuela. Himmel und Hölle. Roman. Aus dem Spanischen von Fritz Rudolf Fries. Leinen und st 1462
– Reise um den Tag in 80 Welten. Aus dem Spanischen von Rudolf Wittkopf. es 1045
– Unzeiten. Erzählungen. Aus dem Spanischen von Rudolf Wittkopf. Leinen und BS 1129
–, Der Verfolger. Erzählungen. Aus dem Spanischen von Fritz Rudolf Fries, Wolfgang Promies und Rudolf Wittkopf. Gebunden
– Der Verfolger. Erzählung. Aus dem Spanischen von Rudolf Wittkopf. BS 999 und st 2319

Kaleidoskop. Julio Cortázars Roman ›62/Modellbaukasten‹. Herausgegeben von Rudolf Wittkopf unter Mitarbeit von Björn Goldammer. Kartoniert

Euclides da Cunha: Krieg im Sertão. Aus dem brasilianischen Portugiesisch von Berthold Zilly. Gebunden

Laura Esquivel: Bittersüße Schokolade. Mexikanischer Roman um Liebe, Kochrezepte und bewährte Hausmittel in monatlichen Fortsetzungen. Aus dem Spanischen von Petra Strien. st 2391 und st 2534

Oswaldo França Junior: Jorge, der Brasilianer. Roman. Aus dem brasilianischen Portugiesisch von Inés Koebel. Gebunden

Carlos Fuentes: Nichts als das Leben. Roman. Deutsch von Christa Wegen. st 343

Ferreira Gullar: Schmutziges Gedicht. Poema Sujo. Portugiesisch und deutsch. Auswahl, Übertragung und Nachwort von Curt Meyer-Clason. BS 893

Felisberto Hernández: Die Hortensien. Erzählungen. Mit einem Nachwort von Julio Cortázar. Aus dem Spanischen von Anneliese Botond. BS 858

Sérgio Buarque de Holanda: Die Wurzeln Brasiliens. Aus dem brasilianischen Portugiesisch von Maralde Meyer-Minnemann. es 1942

Jorge Ibargüengoitia: Augustblitze. Roman. Aus dem Spanischen von Peter Schwaar. BS 1104
– Die toten Frauen. Roman. Aus dem Spanischen von Peter Schwaar. BS 1059

Lateinamerikaner über Europa. Herausgegeben von Curt Meyer-Clason. es 1428

Der Lauf der Sonne in den gemäßigten Zonen. Brasilianische Erzählungen. Herausgegeben von Marianne Gareis. Aus dem brasilianischen Portugiesisch von Marianne Gareis und Karin von Schweder-Schreiner. st 2353

111/4/7.95

Lateinamerikanische Literatur
im Suhrkamp Verlag

José Lezama Lima: Die amerikanische Ausdruckswelt. Aus dem Spanischen von Gerhard Poppenberg. es 1457
- Paradiso. Roman. Aus dem Spanischen von Curt Meyer-Clason unter Mitwirkung von Anneliese Botond. st 1005

Liebesgeschichten aus Lateinamerika. Herausgegeben und mit einem Nachwort versehen von Michi Strausfeld. Gebunden

Osman Lins: Avalovara. Roman. Mit einem Nachwort von Modesto Carone Netto. Aus dem brasilianischen Portugiesisch von Marianne Jolowicz. Leinen
- Die Königin der Kerker Griechenlands. Roman. Aus dem brasilianischen Portugiesisch von Marianne Jolowicz. Gebunden
- Verlorenes und Gefundenes. Erzählungen. Aus dem brasilianischen Portugiesisch von Marianne Jolowicz. Gebunden

Clarice Lispector: Aqua viva. Ein Zwiegespräch. Aus dem brasilianischen Portugiesisch von Sarita Brandt. BS 1162
- Die Nachahmung der Rose. Übertragung aus dem brasilianischen Portugiesisch und Nachwort von Curt Meyer-Clason. BS 781
- Nahe dem wilden Herzen. Roman. Aus dem brasilianischen Portugiesisch von Ray-Güde Mertin. Gebunden und BS 847

Joaquim Maria Machado de Assis: Dom Casmurro. Roman. Aus dem brasilianischen Portugiesisch von Harry Kaufmann. BS 699

Angeles Mastretta: Frauen mit großen Augen. Aus dem Spanischen von Monika López. st 2297
- Mexikanischer Tango. Roman. Aus dem Spanischen von Monika López. Gebunden und st 1787

Alvaro Mutis: Das Gold von Amirbar. Roman. Aus dem Spanischen von Peter Schwaar. Gebunden
- Ilona kommt mit dem Regen. Roman. Aus dem Spanischen von Katharina Posada. st 2419
- Die letzte Fahrt des Tramp Steamer. Roman. Aus dem Spanischen von Peter Schwaar. Gebunden
- Der Schnee des Admirals. Roman. Aus dem Spanischen von Katharina Posada. st 2291
- Ein schönes Sterben. Roman. Aus dem Spanischen von Katharina Posada. st 2525

Pablo Neruda: Gedichte. Spanisch und deutsch. Übertragung und Nachwort von Erich Arendt. BS 99
- Die Raserei und die Qual. Gedichte. Spanisch und deutsch. Auswahl, Übertragung und Nachwort von Hans Magnus Enzensberger. BS 908

111/5/7.95

Lateinamerikanische Literatur
im Suhrkamp Verlag

Silvina Ocampo: Die Furie und andere Geschichten. Aus dem Spanischen von René Strien. BS 1051

Juan Carlos Onetti: Abschiede. Roman. Aus dem Spanischen von Wilhelm Muster. BS 1175

– Grab einer Namenlosen. Roman. Aus dem Spanischen von Wilhelm Muster. BS 976

– Das kurze Leben. Roman. Aus dem Spanischen von Curt Meyer-Clason. Leinen und st 661

– Lassen wir den Wind sprechen. Roman. Aus dem Spanischen von Anneliese Botond. Gebunden und st 1763

– Leichensammler. Roman. Aus dem Spanischen und mit einem Nachwort von Anneliese Botond. BS 938

– Magda. Roman. Aus dem Spanischen von Anneliese Botond. Leinen

– Der Schacht. Roman. Aus dem Spanischen von Jürgen Dormagen. BS 1007

– So traurig wie sie. Zwei Kurzromane und acht Erzählungen. Aus dem Spanischen und mit einem Nachwort von Wilhelm Muster. Gebunden und st 1601

– Der Tod und das Mädchen. Roman. Aus dem Spanischen von Jürgen Dormagen. BS 1119

– Wenn es nicht mehr wichtig ist. Roman. Aus dem Spanischen von Rudolf Wittkopf. Gebunden

Octavio Paz: Adler oder Sonne? Aus dem Spanischen von Rudolf Wittkopf. BS 1082

– Die andere Stimme. Dichtung an der Jahrhundertwende. Aus dem Spanischen von Rudolf Wittkopf. Leinen

– Die andere Zeit der Dichtung. Von der Romantik zur Avantgarde. Aus dem Spanischen von Rudolf Wittkopf. Leinen

– Der Bogen und die Leier. Poetologischer Essay. Aus dem Spanischen von Rudolf Wittkopf. Leinen

– Die doppelte Flamme Liebe und Erotik. Aus dem Spanischen von Rudolf Wittkopf. Leinen

– Essays 2. Aus dem Spanischen von Carl Heupel und Rudolf Wittkopf. Leinen

– Gedichte. Spanisch und deutsch. Übertragung und Nachwort von Fritz Vogelgsang. BS 551 und st 1832

– In mir der Baum. Gedichte. Spanisch und deutsch. Übertragen von Rudolf Wittkopf. Leinen

– Das Labyrinth der Einsamkeit. Essay. Übersetzung und Einführung von Carl Heupel. BS 404

111/6/7.95

Lateinamerikanische Literatur
im Suhrkamp Verlag

111/7/7.95

Lateinamerikanische Literatur
im Suhrkamp Verlag

Lateinamerikanische Literatur
im Suhrkamp Verlag

Antônio Torres: Diese Erde. Aus dem brasilianischen Portugiesisch
übertragen und mit einem Nachwort versehen von Ray-Güde Mertin. es 1382

Dalton Trevisan: Ehekrieg. Erzählungen. Aus dem brasilianischen Portugiesisch von Georg Rudolf Lind. es 1041

César Vallejo: Gedichte. Spanisch und deutsch. Übertragung und Nachwort von Hans Magnus Enzensberger. BS 110

Mario Vargas Llosa: Die Anführer. Erzählungen. Aus dem Spanischen
von Elke Wehr. Gebunden und st 2448

– Der Fisch im Wasser. Erinnerungen. Aus dem Spanischen von Elke
Wehr. Gebunden

– Gegen Wind und Wetter: Literatur und Politik. Aus dem Spanischen
von Elke Wehr. es 1513

– Geheime Geschichte eines Romans. Aus dem Spanischen von Elke
Wehr. Bütten-Broschur

– Der Geschichtenerzähler. Roman. Aus dem Spanischen von Elke
Wehr. Gebunden und st 1982

– Gespräch in der Kathedrale. Roman. Aus dem Spanischen von Wolfgang A. Luchting. st 1015

– Das grüne Haus. Roman. Aus dem Spanischen von Wolfgang A.
Luchting. Gebunden und st 342

– Der Hauptmann und sein Frauenbataillon. Roman. Aus dem Spanischen von Heidrun Adler. st 959

– Die jungen Hunde. Erzählung. Aus dem Spanischen von Alexander
Luchting. Mit einem Nachwort von José Miguel Oviedo. st 1841

– Der Krieg am Ende der Welt. Roman. Aus dem Spanischen von Anneliese Botond. Gebunden und st 1343

– La Chunga. Ein Stück. Aus dem Spanischen von Dagmar Ploetz.
es 1555

– Lob der Stiefmutter. Roman. Aus dem Spanischen von Elke Wehr.
Mit Abbildungen. Leinen, BS 1086, st 2200 und st 2542

– Maytas Geschichte. Roman. Aus dem Spanischen von Elke Wehr. Gebunden und st 1605

– Die Stadt und die Hunde. Roman. Aus dem Spanischen von Wolfgang A. Luchting. st 622

– Tante Julia und der Kunstschreiber. Roman. Aus dem Spanischen von
Heidrun Adler. st 1520

– Die Wahrheit der Lügen. Aus dem Spanischen von Elke Wehr. Erst-
ausgabe. st 2283

– Wer hat Palomino Molero umgebracht? Roman. Aus dem Spanischen von Elke Wehr. Gebunden und st 1786

111/9/7.95